中公文庫

蓬萊島余談

台湾・客船紀行集

内田百閒

中央公論新社

蓬萊島余談　台湾・客船紀行集　目次

I

II

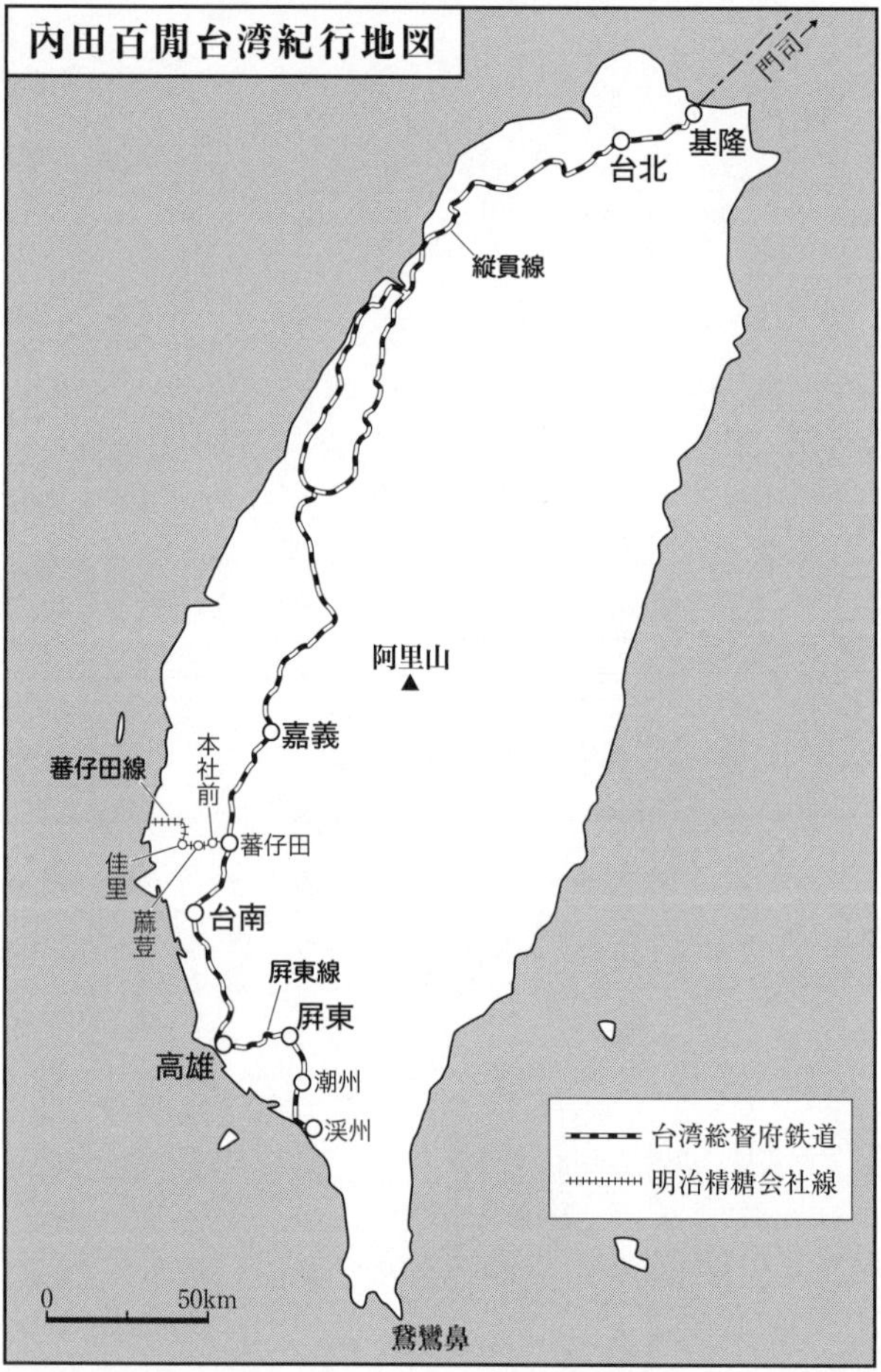

内田百閒台湾紀行地図
門司→
基隆
台北
縦貫線
阿里山
嘉義
本社前
蕃仔田線
蕃仔田
佳里
蔴荳
台南
屏東線
屏東
高雄
潮州
渓州
台湾総督府鉄道
明治精糖会社線
0
50km
鵞鑾鼻

蓬萊島余談　台湾・客船紀行集

I

昭和14年11月15日、台湾・屏東にて。右から二人目が百閒
（公財）岡山県郷土文化財団所蔵

不心得

台湾へたつ前、神戸のオリエンタルホテルにいた三日目の夕方は、大阪にいる親戚の健太郎と一緒に晩飯をたべる事に自分できめていたが、汽車が大阪駅を通過する時、健が出迎えてくれて、自分は今ひどく身体の調子が悪くて医者からも警告を受けているから当日は神戸まで行く事が出来ないと云った。

それで健との会食はあきらめて、西宮市外にいる旧友の中島に会いたいと思った。すぐに速達を出し又中島の行っている関西学院に電話をかけた。電話の時にはつかまらなかったが、後からじきに速達の返事が来て、自分は九月以来病気であって、学校へもやっと一週間前から出だした計りだ。神戸まで出掛けて行くと、きっと後がさわると思うから今回は思い止まると云うのである。

あてにした二人にはぐらかされて、そろそろ意地になりそうだと云う事が自分でも解っていた。その儀ならば暫らく会わない甘木君の都合を聞いて見ようと思い立った。甘木君は新聞社関係の人なのでそう云う方面にこちらから連絡をつけると、ホテルの一室で息を殺している筈の自分の動静が筒抜けになると云う心配はあったが、その晩のお客を物色したい気持が先に立って余り気にならなかった。帳場へ頼んで大阪の本社へ至急報の電話をかけて見たら、甘木さんは只今山陰地方へ出張中でありますと云う返事であった。

初めから一人でたべるつもりでいたのなら何でもないが、こう続けさまにすかを食わされた後で、一人でホテルの晩餐をぼそぼそ食うなど、いやな事だと思い出した。昨夜は三十何年前に同じ中学を出た友達の会で名物神戸のすき焼を御馳走になったが、要するに鍋であって、あたり前のお膳ではない。そう云えばその前の晩も汽車の中であったから、矢っ張りお膳には向かっていない。今日は三人ともにことわられた縁起なおしに、どこか綺麗なところで一ぱいやる事にしようと思いついた。そうきめたら大分愉快になってだれも来てくれないのが、もっけの幸いだと云う風な気持もした。

しかし自分でそうきめても、何処の何と云う家へ出かけたら私の思う様な事になるのか、不案内な土地なので見当がつかない。上方では一げんの客をすげなくことわるのが、東京などより手きびしいと云う話も聞いている。ホテルの帳場で紹介させるのは変だしどうしようかと迷った。

私の十七の時になくなった父の友達がまだ達者であって、神戸に近い芦屋にいる。しばらく振りに訪ねて見る事にしたが、会えばきっと何処かへ御馳走すると云うに違いない。しかしおやじのお友達を前にすえて一ぱいやっても始まらないし、おまけにそのおじさんはクリスチャンである。もし御招待を受けたらそれは辞退するとして、クリスチャンではあるが永年神戸にくらした実業家であるから、私が今晩行きたいと思う様な家はいくらでも知っているに違いない。そこへ訪ねて行ってから、今晩の行き先はきめる事にしようと思った。

　行って見ると果して晩餐の御招待を受けた。それは丁寧に辞退したが中中その次の段取りに話を持って行く事が出来ない。そばにいたおばさんが矢張り熱心なクリスチャンなのでこんな事を云い出した。これは決して宗教の上で申上げるのではないが、あなたはなぜお酒をおやめになりませぬか。私は蔭ながら、あなたがお酒をおやめになる様にとお祈りした事があります。

　おじさんの家を辞してから、電車の駅五つ六つの近くにいる中島を訪ねた。山土の砂が裏にぽくぽくして踏みごたえのない様な道を歩いて行くと随分草臥れた。気がつかない位にだらだらと登りになっているので、家までたどり著《つ》いたら汗をかいた。中島はまだ学校にいると留守居の女中が云った。それから女中が私を案内して関西学院までつれて行ってくれたが、今度は向うが高く見える程の登り道なので、私はすっかり閉口した。大変景色のいい学校であって、遠景のある校門を通り、美しい芝生の上に起ってほっとした。中島が出て来たので私も安心し、先ず一服と思ったが、ふと気がついてここは耶蘇教の学校かと聞いたらそうだと云った。するとこう云う所で煙草を吹かすのは穏当でないねと云うと、煙草はまあ我慢してくれと云った。ここで吸っていけない事は尤もだと思うけれど、我慢すると云うわけにも行かない。それで一緒に校門を出て若松の生えている門前の芝生に坐り込み、門内の景色を眺めながら一服した。

折角来たのだから御飯を食って行けと中島が云ったが、中島先生もまたクリスチャンであり、かつ病後の静養をしていると云うのに、私が無遠慮な振舞いも出来ない。君を相手にしても始まらないし、又僕は我慢するとしても、後で疲れるだろうと云うと、中島がそれは君の相手をしたら後はくたくただと云うので中島の御招待は沙汰止みにした。

小松の蔭の芝生に坐って何か取り止めもない事を話している内に、どうした機みか又中島の御馳走になる事になった。中島の家のすぐ近所に仕出し屋がある。その店はこちらへ来る時に私の目にもとまっている。そこの御馳走で成る可くあっさりやって、中島をつからせない内に私は引き上げようと云う殊勝なつもりになった。

今晩どこでどうしようと思う心配も消えて、大変気が軽くなった。門前の芝生を起ち上がって一緒に中島の家へ帰って来たが、途中で中島が、麦酒があるか知らと云うので今度はそれが少し心配になった。自転車に乗ってすれ違う御用聞を中島が呼び止めて、麦酒はあるかと聞くと、自分の店には一本もないと云って走り去った。

その仕出し屋の門口にたって中島が今晩の御馳走を註文するのを私もそばに立って聞

いていた。まあお客様は少し離れていろと云った。きっといくら位のお膳と云おうと思ったのであろう。しかし御馳走の事よりも先きに麦酒の有無を確かめなければ、もし麦酒が無いのであったら、私は残念ながら帰ると云った。

店の者が土間に起って近所の酒屋に電話をかけるのを聞いていると、形勢はよくない。何、二本、二本ではないって、たった一本か、などと云っている。二三軒かけたらしいが、最後にこちらを向いて、この界隈に麦酒は一本しかないそうだと云った。麦酒でなければならぬ事はない様なものだが、私は近年酒を飲まない事にしているし、又ふだんなら構わないけれど、これから初めての長旅をしようと云う出際にいつもと変わった事はしたくない。その上中島は昔から、私に酒をやめてせめて麦酒で我慢しろと云う事を忠告し続けた張本人であるから、今運わるくこの近所に麦酒がないからと云ってそれでは酒を飲めとは年来の主張の手前云えないだろうと思われた。折角中島に御馳走になる事に話をきめてここまでついて来たのだが、それでは仕様がないとあきらめて、一たん註文した仕出し屋のお膳をことわって貰い、中島の二階で林檎を食って帰って来た。

最初からへま計りでそうこうしている間に時間も過ぎ、腹がへって妙な気持になった。阪急電車の三宮駅に降りてから、もうすっかり夜になった駅のまわりをうろつきながら、何処へ行こうかと迷った。駅の出口に案内所はあるけれど、中に洋服を著た女の子がいて、私が聞きたい様な事を教える所ではないらしい。タクシーの運転手にきいて見ようと思いつき、丁度とまった車をつかまえて、東京から来て勝手が判らぬのだが、何処か晩飯を食わせる所へ案内しないかと談判している内に、反対の側の扉から這入ったと見えて、何時の間にか薄暗い車の中にお客が一ぱい乗っているので運転手はろくろく返事もせずに行ってしまった。

薄ら寒くなった駅の前を長い間行ったり来たりして、がっかりした気持になった。御馳走をたべようと思う一心でこの様に蹌踉跟踉としているのはつまらないから、ホテルの晩餐で我慢しようかとも考えた。今ならまだ時刻は遅くない。しかし今日一日の事を顧ると業腹である。あっさり思い返してだれも待たなかった気持に戻るには未練がある。そこへいい工合にタクシーの空車が来たから乗った。前の運転手に話した様な事を云って、何処でもいいから連れて行ってくれと云うと、色色知らない土地の名前や料理屋の名前を云っていたが、私には一向見当がつかないので君にまかせると云って黙っていた。

急な坂を下りる途中に車をとめて、運転手がおりた。すぐ道に沿った家ではあるが、車窓から見える玄関の石は打ち水にぬれて、夜になったばかりの美しい燈を反射している。しばらくすると上方風の仲居が馳け出して来て窓の外からお辞儀をした。いい工合に運転手の紹介がきいて、上げてくれるかと思ったから、車の中で少し腰を浮かしたが、仲居は私に向かって、どなた様でしょうか、お電話はいただいているかと尋ねた。これはいけないと思って、又腰をおちつけ、そうではないと云うと、窓の外で丁寧におことわりの挨拶を述べ出したが、運転手もあっさりあきらめて、車を坂の下にすべらした。

方方尋ね廻った様な気がしたが、結局談判したのはその家一軒だけで、運転手の方では初めから私の云う様な事は駄目だと思っていたかも知れない。坂を下り切って道をまがり、少し走った所で、この家を聞いて見ますと云って運転手がおりて行った。板塀に食っつけて車をとめたので、車の窓から見える所はせまいが、前面の硝子を通して立派な玄関の入口がはすかいに見える。すぐに運転手が帰って来て座席の扉をあけた。よろしいそうですと云うので私は全く嬉しかった。御苦労でしたと云って心附をやった。

車はすぐ走り去ったが、私は悠悠と玄関に這入って行った。黒ずんだ三和土にしっとりと水が打ってある。式台に向かって歩いて行くと上り口の片隅に店の男が一人腰を掛けていて、私に会釈をした様であったが、私が片手で差し出したステッキを受け取ってくれない。じっと見ているだけで、知らん顔をしている。気がついて見るとその男のすぐ前にステッキ差しがすえてある。勝手にその中へ差したらよかろうと云うつもりの様であった。仕方がないから自分でステッキの始末をして、上がって見るとあたりが案外きたない。女が出て来て二階へ上がれと云うから、梯子段を登ったが、上がり切った所の廊下の片隅に瀬戸のはげた洗面器や赤錆の吹いている大きな如露がつみかさねてある。下宿屋に来た様で面白くない。今日一日肝胆を砕いた挙げ句の落ちつき場所としては甚だなさけないと思った。女中の通してくれた座敷には、きたならしい餉台が真中にすえてあって、畳もよごれているし、小さな座布団は湿っていてつめたい。床の間に夜店で売っている様な布袋様の軸をかけ、その前に変な恰好をした達磨の置物が置いてある。こんな筈ではなかったのであるが、今更仕方がない。起ち上がって帰ってしまうわけには行かない事もないけれど、この家を出て見ても、何処を探すと云うあてがない。すぐに女中が何か持って来た。そうして、矢っ張りお鍋になさいますかと云った。何の鍋だと聞くと、白菜鍋だと云った。私はまだたべた事はないが、何しろそんな物は食いたくない。しかしそう云うきまりになっている家なら、それでもいいと云って万事あきらめた気持になった。そうして麦酒ばかり飲んでいると、女中が自分にも差せと云うから飲ましてやった。下宿屋の飯たきみたいな女で、それが頸に白粉をつけているから一層気持がわるい。

飲むだけ飲んでいい加減に餉台の上の物を突っついてお仕舞にした。ホテルに帰って自分の部屋にくつろいだがまだ何だか片づかない気持がする。初めからいろんな事を思わなければよかったと後悔したけれど、もう仕方がない。物足りない様であり、馬鹿におなかが張っている様な気持もする。ベッドに上がって目をつぶったが、何だか胸がどきどきする様で横になっているのが苦しいから又起き直った。持ちなれないお金を持ち、旅費に多少の余裕があったものだから、こんな不都合な事を考えたのだと思うと、今日の首尾は明きらかな罰であると云う事がわかって来た。しかしまだおなかだか胸だかそのあたりのもやもやする気持はなおらない。

（『週刊朝日』一九四〇年六月）

大和丸

ひる前に神戸の桟橋から郵船大和丸に乗った。船の中が何となくむしむしするのは人いきれ許りではないらしい。十一月になっているのにこの調子では、台湾に近づいてから先が案じられると思った。受持の給仕の案内してくれた私の船室におさまり、一服して見たが、外がざわざわするので落ちつかないから又甲板に出た。やあやあと云って貞さんが近づいて来た。手に花束を持っているので甚だ晴れがましい。貞さんは神戸と晩香坡《バンクーバー》とに貿易の店を持っている大紳士であるが、私の幼友達であって、小学校の一年生の時教場で小便を垂れた。旧稿の思い出の中にその事を書いておいたら、若い者や家のお子さん達がそれを読んだらしい。ああ云う事を書くから自分は困ると云って貞さんは私をなじったが、その時の話が私の記述と一致しないので、貞さんは小学校の時私の知らない別の機会に、少くとももう一度はそれをやったと云う事が判明した。

貞さんは晩香坡と神戸の店を往復する為にしょっちゅう沙市《シアトル》航路の郵船に乗るそうである。船に馴れているから大和丸の見送りに来ても、そこいらを自分の家の様に歩き廻った。何処へ行ったかと思っていると私の部屋に戻って来て、ベルを押して給仕を呼びつけ、自分の持って来た花を鏡の前に生けておけと命じた。この部屋は中中いい、特等室の様だと云って褒めてくれた。そう云われて見るとベッドの外にソファもあって、私一人の専用なのだから豪奢な気持がする。貞さんは又給仕を呼んで、君は写真がうつせるかと尋ねた。給仕がうつせると云うので、自分の持って来た写真機を渡し、私を手すりの傍や階段の陰や方方へ引っ張り廻して、一緒に写真をうつした。必ず前には浮袋を置き、洋服の襟には持って来た野菊の花を折って自分も挿し私にも挿してくれた。五十おやじが見っともない話だと思ったけれど、ハイカラ紳士には当り前の事なのかも知れない。本当は美人が挿してくれるものなのだが、生憎いないから自分が挿してやると貞さんが云ったのは、言い訳なのだか恩に著せたのかその区別すら私には判然しない。照れ臭い思いをして給仕の前に起っている間に、昔田舎の高等学校の生徒だった当時、東京から赴任して来た英語の先生が、午休みなどにテニスをする時は、必ず胸にコスモスの花を一輪挿していたのを思い出した。その先生は今度私が東京を立つ少し前に亡くなったと云う事が新聞に載っていた。

正午出帆の定刻を過ぎたけれど、船は動き出す様子もないが、そう云う事には私も既に馴れている。別に急ぐ事もないから、気のすむ迄ゆっくりしていたらよかろうと思ったが、ただいろんな荷物を積み込む起重機の音がうるさくて困った。それで自然にその方を眺める様な事になる。まだ船を下りない貞さんと二人並んでぼんやり見物していると、俵を三俵引っかけた上に人が二人乗って水面からするすると上がって来た。あれが来るともうお仕舞なのだ、さあ降りようと云って貞さんは舷側の釣橋から岸壁へ渡って行った。荷役がすんだから人が上がって来たのであろう。何となく船が出そうな気配である。鎌倉丸には管絃楽の楽隊がいたが、大和丸には乗っていないらしい。その代りに拡声器を掛けたレコードが鳴っているが、無茶苦茶に大きな音をさせるので、岸壁からやっているのか甲板からやっているのか反響し合って判らない。出そうに見えても大和丸も一万噸《トン》の大船だから中中動くものではなかろうと高をくくっていたら、レコードの音が一先ず出船を祝い終わった後で、又起重機の響がし出して、何だかあわてて岸壁に運んで来た漬物樽の様な物を幾つも釣り上げている。矢っ張り思った通りで、大きな船が何時に動き出すと云う事をこちらで考える位あてのない話はないと更めて悟った。

四日目に基隆《キールン》に著き、その日は台北の宿屋に旅装を解いただけですぐに近郊の山の上の温泉へ行った。翌日台北の宿屋へ帰ってお膳の前に坐ると、女中が旦那様それは東京のべったら漬ですと云って、お皿の中を指さす様にしながら教えてくれた。珍らしいのかと尋ねたら、昨日の船で来たばかりですと云った。神戸を出る時あわてて積み込んだのは浅漬の樽であったのかと初めて気がついた。

浅漬を積み終わって暫らくすると、船が岸壁を離れかけた。曳船が後から頻りに引っ張っているらしいが、もう私には珍らしくない。貞さんは顔がぼやけて解らなくなる迄見送ってくれたが、船の見送りは見送る方も、また甲板で答礼する方も中中大変であって、余っ程気が長くなければ勤まらない。船室に帰ってほっとした。貞さんの持って来てくれた菊の花が段段ひどくなって来る汽罐の震動を伝えて微かに動いている。

昼餐を終わった後、甲板を歩き廻ったり、部屋を出たり這入ったりしている内に時がたったと見えて、じきに海上の夕方になった。瀬戸内海は全く畳の上の様であって、船に乗っていると云う気持はしない。段段両岸の燈火が目につく様になって来たが、私の郷里の備前の沖にかかるのはまだ中中である。備前の児島半島から眺める四国の象頭山《ぞうずさん》や屋島の山の姿は子供の時の記憶にありありと残っているけれど、船で通るとどんな形に見えるだろうと思ったりしたが、月のない夜の海なので、どの辺りに目を泳がせると云うあてもない。晩餐の後甲板に出て見ると、きらきらする燈火のかたまった岸が遠くに見えたり、草餅の様な形をした小さな島が水明りの中に浮かんで、その頂に光っている燈台の燈が手すりから乗り出している鼻の先をこすって行く様に思われたりした。どうかすると漁り火が行く手の暗い浪間に貝殻を撒いた様に散らかっている中を大きな舳先が分けて行く事もあった。漁船の中からカーバイトの燈りを甲板の方に向けて何か合図をするらしく思われたが、向うはどう云うつもりであるのか私には解らなかった。

船室のベッドに熟睡して目がさめたのは門司である。私は日本郵船の嘱託で、すました顔をして船に乗っているが、安芸の宮島から西へ行った事はないので、下ノ関も知らず、勿論九州の土を踏んだ事もない。神戸から関門海峡を通って台湾に行く以上、その向きに向いて右が下ノ関であり、左が門司である事は承知しているつもりであるが、潮流の関係とか繫留する浮標の位置等によって、船の頭は向きを変えるらしいので、右と左が判然しなくなる。自分の右の手と左の手とが解らなくなるのではないけれど、船の舳先が一廻りしたとすると、台湾へ行く筈の船は碇泊中一時神戸に向いている事になるから、右左だけで見分けようとする門司と下ノ関とは、どっちがどっちだか曖昧になるのである。おまけに起き抜けで私の目がよくさめていなかった時に、船が非常にゆるやかな方向転換をしたので、到頭下ノ関と門司とは解らなくなってしまった。

私は豪奢な船室に寝起きして、外観は太平であるが、実は少少困った事がある。東京を立ってから神戸のホテルに三日泊まっていた間に書き上げるつもりでいた原稿が二つある。一つはお金の関係のない原稿であるが、一つはお金儲けの原稿であって、それが出来たら神戸から雑誌社に送り届け、その原稿料で先月末の家賃を払う事にしておいた。ところが神戸に来て見ると気が変わって、結局原稿はどちらも出来なかったので、船に乗り込む前にことわりの電報を打った。原稿を送らなければ原稿料は受取れない。私が東京にいれば錬金術を施すすべもあるが、船で段段遠ざかっているのではそれも叶わない。又この頃の時勢に家賃をうっちゃらかしておくと云うのも賢明ではない。それで仕方がないから、私の懐中している旅費の中から、全額と云うわけには行かないが、家賃の幾分を返金して、それで私が帰る迄待って貰う様にしろと云う事を神戸から家の者へ云い送っておいた。その為替を門司で組まなければならない。不思議な縁故で生まれて初めて九州の土を踏む事になって、私は沖に碇泊している本船からランチに乗った。

門司の郵便局で手を真黒にして本船に帰って来た。門司を抜錨した後は外海である。浪の形が見た目にも大きくなって来るのが解った。まだ陸が見えていると人が話し合っている時に、私はいくら目を据えてその方を眺めても、もう何の影もうつらなかった。

その翌日はもう東支那海の真只中である。朝起きてから甲板に出て見ても何も見えない。空と浪ばかりであって、浪は遠くの方まで白い浪頭を立てている。今は私共の乗っている船が一艘通っているが、その外にはなんにもない。そう云う所で浪が立ち騒ぎ、浪頭を白くして走り廻っているのが、滑稽な様な気がし出して、船室に帰ってから考えて見ても、可笑しくて堪らなかった。穏やかな航海だけれども浪が大きいから船は多少ゆれる。私は洋服を脱ぎ、著物に袴を穿いて、自分の部屋のソファの上に端坐しているのだが、船につれて身体をゆられながらぼんやり考えていると、僅か三日か四日の航海なのに、今日は何日で何曜日だろうと云う事が、中中急にはっきりしない。食卓の相客が船中暦日なしと云ったのを思い出して、成る程と感心したりした。

午過ぎに不意に飛行機の爆音が聞こえたので部屋を出て見ると、フロートをつけた海軍機が、マストの廻りをすれすれに旋廻していた。高度が低いので搭乗者の顔が見分けられる様であった。洋上の邂逅も悪い気持ではない。又部屋に帰ってソファに坐り込んで見たが退屈したので、下の床屋へ行って散髪をした。

夜は大分横揺れが来た様であった。ふと目がさめると、ベッドの上で身体がぐらぐらしている様に思われたが、すぐに又眠りつづけた。翌日の午頃基隆の入口のアジンコートの島が見え出した。アジンコートが見え出してから基隆まで四時間、船がアジンコートに並んでから二時間と云う事であった。今まで退屈し切っていた廊下に人の行き来が繁くなって、給仕が部屋から持ち出した荷物を隅隅に積み重ねている。

（『大洋』一九四〇年一月号）

東支那海

台湾航路の郵船大和丸がお午頃に門司を出て、その翌くる日は丸一日じゅう、どちらを向いても島の影は見えない。私の乗った日はいいお天気で甲板の床に沖の小春日がぽかぽかと射していたが、広い空のどこかには汚い色をした雲が延びて、遠い海の端が雲の裾にまくれ上がっている様に見える方角もあった。

朝の内は船中でも何かしら身廻りの用事がある様で、案外時間が早くたつけれども、午後になると、もう何もする事がない。人人が甲板で遊戯をしているのを傍から眺めても、約束を知らないから面白くない。ぼんやり手すりにつかまって沖の方を見渡していると、なんにも見えない筈の海波の果てに、水とすれすれの薄い陸の影の様なものが見え出す。一生懸命に見つめている内に、段段山の姿も見分けられる様な気がする。船が針路を変えたのではないかと思い、だれか呼んで来て一緒に眺めて見ようかと考えて、一寸目を動かした後、もう一度もとの所を見ると、今まで薄墨色に見えた輪郭の儘、その中が白くなっている。海の色と遠い空の曖昧な色との間にそこだけが抜けた様に白い。

遊歩甲板の外れで何か声がする。その下が一段低くなっていて、向うにまたこちらと同じ高さの三等甲板がある。水兵服を著た女学生が海の方に向いて小さな鳥を抱いている。よく見ると抱いているのではなく、鳥が女の子の差し出した手にとまっているのである。よく馴らしたものだとか、何鳥であろうとか、こちらの甲板で人人が騒いでいる。その中の一人が大きな声で女学生に呼び掛けた。こちらへ持って来てお見せよと云った。

女学生が気軽に甲板と甲板との間に馳け下りて、すぐにこちらへ上がって来た。走って来る間じゅう押さえていた両手をゆるめた途端に、鷭《ばん》より少し小さくて、嘴と脚の長い小鳥がひらひらと人人の目の前を飛んだが、じきに浮力を失って、甲板の床にぶつかる様に落ちた。馴れているのではなく、弱り切って飛ぶ力がないのである。

昨日門司を出てから、まだ九州の島山が目近に見えていた頃、船のまわりを翼の長い鳥が幾羽もぐるぐる廻って、船と一緒に沖の方へ出た。同船の人から、ああして九州の鳥が基隆《キールン》へ渡るのだと聞かされて不思議に思ったが、そう云えば島影の見えなくなった今朝も、矢張り船のまわりを鳥が二三羽飛んでいた。帆柱のどこかから飛び出して、船に近い浪の上をひらひらと舞い、暫らくすると又船に戻って来る。そんな沖に小魚がいるかどうか知らないが、船の炊事から捨てる残り物の中にも餌はあるのであろう。その中の一羽が運わるく餌にありつけなかったか、水に不自由するかして弱ったものと思われる。さっきから甲板の床を這っている小鳥はもう一度飛び立つ力もないらしい。ほっておいて帰りかけた女学生を呼び止めて、何か食べさせておやりとだれかが云ったので、女学生は又その鳥を両手に持って向うの甲板へ行ったが、基隆までは六ずかしそうに思われた。暫らくたってから海が暗くなりかけた。水明りと云う事もあるが、沖の夜は海の底から波を暗くして来る様に思われる。暗い陰が空にも届いて、ただ流れ雲にだけ明かりの残る頃は帆柱も甲板も夜である。船に近い浪頭が船内の電燈できらきら光り出す。

（『アサヒグラフ』一九四〇年五月一日号）

屏東の蕃屋

片側に生垣のある裏町の様な所を自動車が走って蕃屋《ばんおく》の前に停まった。目の下に見える位の低い屋根があって、前面の片隅には暗い戸口が口を開けている。この中に生蕃がいるのだなと思ったが、しかしすぐ傍の樹蔭には縁台が据えてあり、又椅子テーブルも備えつけてある。そこは蕃屋の案内所であって、硝子戸棚の中には清涼飲料水などが列べてある。

洋服を著た男が出て来て、私共を蕃屋の中へ案内した。暗い入口からしゃがんで這入るのだが、足許が甚だあぶない。中は思った程暗くはなかったけれど、何となく陰気で、少し息苦しい気持がした。壁際にごたごたした物が色色と積み重ねたり列べたりしてあって、案内の男が一つ一つに就いて説明してくれるのだが、私は面倒臭くなったから、構わずにその前を離れて、反対の側に歩いて行くと、そこは壁際が一段高くなっている。後から案内人がやって来て、ここは身内の者が死んだ時に埋めておく所です。生蕃は死骸を家の外へ持ち出す事をしないと云ったので変な気持がした。

この蕃屋の生蕃は、後の山の中にいる一族の酋長なのだそうであるが、それが話し合いで屏東《へいとう》の町中に降りて来て、この家の中に住んでいる。そうして内地から来た旅行者に、山中の生蕃の生活を見せてくれる。私はそう云う事をすると山中の一族が腹を立てはしないかと思ったけれど、実際は生蕃が山から屏東へ買物に下りて来れば、大概この蕃屋に立ち寄って、泊まって行ったりするそうである。

三方は壁で塗りつぶし、一側にしか窓はなかった。その窓の明《あか》り下《した》の右と左に座が張ってあって、一方には老婦人がいた様であったけれど、何だかむくむくしていて、私ははっきり様子を見なかった。もう一つの座の上にいるのは生蕃夫人である。鏡台を置き、化粧品ものっかっていた様である。そこの壁にいろいろのポスターがぶら下げてあるのは、装飾をこらしたものと思われた。

又足許のあぶない戸口から外に這い出した。一緒に行った人が記念の写真を取りましょうかと云うので、私もその気になったが、そう云えば案内所の飾窓の傍に、いろいろの写真が釣るしてあって、よく見ると東京で有名な活動俳優や蓄音器会社の芸術家達が生蕃の酋長と仲よく写っている。それで私も椰子の樹の下に起った。ちゃんと写真屋もいるのであって、その内に酋長と酋長夫人が身支度をして出て来た。酋長は刀を佩き槍を立て盾を携えている。顔の筋がはっきりしていて、私の亡父の壮年の顔によく似ている。夫人も色色の装飾を纏いつけて、私の横前にしゃがんだ。夫人の顔は我我の俗な目で見たところでは、余り美人の様ではない。

すぐに撮影を終わって、私は酋長と話しをしたが、日本語もよく解る様である。ただ声の調子がおどおどしている様に思われた。こう云う平地の町中で私などを相手にするのでは色色と勝手が違うのであろう。初めに、

「日本語はわかるのですか」と私が丁寧に聞いたら、

「わかります」と酋長が内気に答えた。

その時の語調を思い出すと、何だか不思議な気持がする。

後で教わったのであるが、酋長は人口約四万二三千のパイワン族に属し、その中のライバアン社の頭目だそうであって、名前はマイチョスと云う。令夫人はリスリスと云った様であるが、後では又ルスルスと教わった。

さっきからその辺りを五つか六つ位の可愛らしい男の子が裸足でうろうろしていた。素肌に猿の毛皮で造ったちゃんちゃん子の様な物を著て、前は開けっぴろげている。坊や、おいでと云うと、直ぐに私の前に来たから、お手手をお出しと云って、穴明きの十銭を片手に三つ、片手に二つ、〆て五十銭やったら、よろこんで蕃屋の中へ馳け込んだ。

私共が台南の蔴荳《まとう》に帰ってから聞くと、マイチョス氏とルスルス夫人は、写真に這入る報酬として一回十銭ずつ貰うのだそうである。子供はムニと云う名だそうだが、私はムニ坊にお金をやり過ぎたか知らと、後で心配した。

東京に帰った後、その時の写真を送って貰った。私はえらそうな顔をして威張っているが、顔のまわりが大きい計りで、隣に起っている私より背の低いマイチョス酋長の引き締まった表情にくらべると、見られない醜体である。立ち向かったら私などは一撃の下にやられるに違いない。その写真を見ながら私は酋長を崇拝する気持になった。

ただ一つ合点の行かない事は、酋長や夫人の名前を私が尋ねた返事に、ムニは六歳、女の子だとなっている。いくら相手が生蕃であってもそんな事を私が見違える筈はない。遠隔の所にいるので出掛けて確かめるわけにも行かず、思い出すと片づかない気持がする。

（『海運報国』一九四〇年四月号）

小列車

台南州の蕃仔田《ばんしでん》駅で降りて、蕃仔田線に乗り換えた。蕃仔田線は明治製糖会社の社線である。細い線路の上を小さな汽車が走る。汽缶車の汽笛は羅宇屋《ラウヤ》の笛よりも甲高い。操車の都合で汽缶車が逆についている列車もある。その様子は手軽に見えないので、却って物物しい。東海道線や山陽線の大きな岐線で時時そう云う列車を見受ける。

私が乗ったのは機動車であって汽缶車がついていない。駅の係の人が、私の為に籐椅子を入れてくれた。中の方は一ぱいだったのでその椅子を運転台の直ぐうしろに置いたから、腰を掛けると向うの景色が展望車を逆にくっつけた様によく見える。しかし夕方であったので遠くの方は暗かった。細い線路の両側に砂糖黍《きび》が生えている。それがどこ迄も続いて、先の方は暗くなりかかっているから、遠近法の絵とは反対に、向うへ行く程砂糖黍の畑が大きくなっている。一番遠くの方は空の薄闇と大地の薄闇を砂糖黍が自分の背丈でつないでいる様であった。

私の乗っている機動車が走り出した。そう見えただけでなく、向うへ行く程暗くなった。薄明りの中に立っている沿線の砂糖黍は、二三日前初めて台湾に上陸して以来見馴れた椰子の樹ほども大きく思われる。それは私の乗っている車が小さいからであって、小さいと云っても乗合自動車よりはずっと大きいのであるが、鉄道線路の上を走っていると云う物物しさから、つい小さいと思い込んでしまった。

途中にいくつも小駅があって、中には片っぺらだけの駅もあった様だが、そう云うのはすべて幹線の急行列車がする様に無停車で通過した。一寸の間にすっかり暗くなった行く手に、きらきらと明かりが塊まっていると思ったら、本社前駅に著いた。

小さい小さいと思っている車から降りたら、自分の身体が馬鹿に大きく思われた。尤も大分疲れていたので少少持ちあつかっていた所為もある。本社前駅はれっきとした鉄道停車場であって、改札口がある。駅長さんも駅員もいる。みんな普通の人で汽車の様に小さくないのが不思議に思われた。

駅前の並樹路を行って蔴荳《まとう》の倶楽部に泊まった。寝る前に守宮《やもり》の鳴くのを聞いたが、河鹿に似た声であってちっとも無気味ではない。夜明けにも鳴いていた様である。朝起きると、倶楽部から少し離れた辺りに線路のカーヴがあると見えて、汽車が通る度に汽笛を鳴らすのが聞こえた。又何輛もつないで行くらしい堂堂たる地響が伝わったりした。初めに云った汽缶車のうしろ前についた列車や、そうでない普通の颯爽たる編成などはそれから二三日倶楽部に泊まった間に、時時出歩いたから見たのである。

本社駅前を発車した列車が、大分行ったと思う頃、ぴっぴっぴっと非常汽笛が聞こえた事もある。道ばたの水牛が聞いたら、ちくちくする様な感じだろうと思った。或は水牛が線路に出て進行の邪魔をしたのかも知れない。昔昔、江見水蔭の汽車の話の本を読んだら、印度では汽車が象にぶつかる事があると書いてあった。蓄仔田の小列車も汽車で水牛を押して見ると、多少それに似た感じが出るかも知れない。いくら小さいと云っても汽缶車の先が水牛の横腹に刺さって抜けないと云う様な事はあるまい。

温気で物皆の大きくなる台湾にありながら、ぴいぴい列車は今までのところちっとも育たなかった様である。蓄仔田線の外に明治製糖の社線は方方にあるらしい。又外の会社にも社線がある様である。私は蓄仔田線しか知らないが、きっとみんな小さいだろうと想像する。抑《そもそ》も砂糖の乗る汽車なのであって、人間は砂糖に関係ある者に限り乗る事が出来る。又その関係に関係ある者が時たま乗せて貰う。私なぞが小さい小さいと面白がっていると、砂糖がにがい顔をするかも知れない。

（『スキート』一九四一年一月号）

基隆の結滞

基隆《キールン》は雨の港と呼ばれて、年中雨が降るそうである。私の乗っている郵船大和丸がアジンコートの島を左舷に見て基隆港に近づいて行った。基隆の市街があると思われる見当の後《うしろ》を取り巻いた屛風の様な山山の中腹には暗い雨雲が懸かって、雲の裾は海の方へ垂れている。私が港に近づき低い雲の下に這入って行くと、辺りは薄暗くなったが雨は降っていなかった。

波止場から上陸して上屋《うわや》に這入ると、人が一杯動いているので驚いた。長い廊下を通って屋外に出たら薄日が洩れて、雨の模様はなかった。私を案内してくれた人が珍らしい天気だと云った。台北行の汽車の出る時刻まで少し間があったので、自動車で市中を見物して廻った。片側が山裾で、片側に入江のある所を通ったら、入江の向う岸の藪の中から家鴨の群が水の方へ歩き出しているところであって、後から後から何十とも何百とも知れない程かたまって出て来るのを見きわめない内に自動車が通り過ぎてしまった。家鴨の散らかっている水面には、赤と青で彩色をした小舟が何艘も舫《もや》っていた。

空にはきたない雲がかぶさっていたが、基隆の町は私の通った所だけから考えて見ると美しいと思われた。後になって、東京に帰ってから台湾の夢を見て、その中で基隆の町をあっちこっち歩き廻ったのが今でも記憶に残っているから、実際に見た経験とのけじめが判然しない。

私が台湾にいたのは九日間である。基隆に上陸した二三日後に夜行列車で台北を立って台南に向かった。蕃仔田《ばんしでん》駅ではまだ暗かったが、台南駅に著いた時は明かるかった様に思う。初めの予定では台南で下車するつもりであったけれど、じっとしていれば汽車はまだ南の方へ行くのでその儘乗り続けて高雄へ行き、市中を一回りして更に乗りついで鉄道線路の南端の渓州《けいしゅう》まで行った。

十一月の中旬であったが台湾の南部は暑く、特に下濁水渓を渡ってから先の暑さは息がつまる様であった。しかし自分の身体の調子もいいらしく、気分も晴れやかで、同行してくれた明治製糖会社の秘書方山君と一緒に帰途は屏東《へいとう》と台南に寄って、夕方蕃仔田駅に降り、社線に乗り換えて蔴荳《まとう》の明治製糖の本社に帰って来た。

倶楽部に落ちついてふと上を見ると、鴨居の辺りを白い守宮《やもり》が這っている。その下で夕食をたべた。水牛の鋤焼を所望しておいたのだが手に入らなかったそうである。蔴荳街から台南市の市場まで探してくれたけれど売っていなかったと云う話であった。台南の方《ほう》の旦那方《だんながた》はふだんそう云う物をたべないと見える。私の為に同卓してくれた会社の重だった二三の人人と款話《かんわ》しながら、前夜からかけて今日一日じゅう汽車を乗り廻した疲れを麦酒の泡で癒やした。その後はいい気持に熟睡した。夜明け近く眠りの浅くなった時、枕もとの鴨居の辺りで河鹿の啼く様な声がした。台湾の南部の守宮は鳴くと云う話を聞いた事がある。寝ぼけたなりに耳を澄まして聞いたが、いつの間にかまた寝入ってしまった。

明かるくなってから、すがすがしい気持で目を覚ましたと思ったら、胸中に不安な感じがする。持病の神経性結滞が運わるく旅中に起こったのである。一たんその発作が起こると、当時までの経験で大概一週間は持続した。或はもっと長く掛かる事もある。段段に期間が延びて来て、最近では本年一月末から結滞が始まり、丸二ヶ月引籠もった挙げ句に、外出出来る様になってからでも一ヶ月以上まだ軽度の発作が続いた。つまり百日病気したわけであるが、台湾へ行った当時はそれ程の病歴は持っていなかった。気をつければ一週間位でおさまるであろうと考えたけれど、旅先の事で矢張り無理が続くから、結局結滞のまま離島し、神戸に著いてからも胸の中が苦しいなりに京都や大阪で二三日を過ごして、台湾の結滞を東京まで持ち帰った。

夜明けに守宮の啼き声を聞いて二度寝をした間にその時の結滞は起こった様である。寝床の上に起き直って、明かるくなっている庭の芝生を眺めながら、困った事になったと考えたが仕方がない。朝の内は大分苦しかったのでじっとしていて、少しらくになってから台南の市中と安平《アンピン》城の見物に出かけた。明治製糖の本社のある蔴荳から台南までは自動車で一時間余りの道程《みちのり》である。所所で水牛が荷車を挽いているのを追い越す外殆んど人通りのない田舎道を自動車が砂煙を残して疾駆した。道幅は広いけれど、路面の平らな所もあるが、凸凹の甚しい所もある。胸の中に苦悶を懐いて車にゆすぶられながら窓外の景色を眺めるのは億劫であった。ただ何処まで行っても、美しい並樹が続いている。樹の名前は木麻黄《もくまおう》と聞いた様に思うが少し違っているかも知れない。真直い道が伸びている所では、向うの方で両側の並樹の樹冠が一緒になり、その中を明かるい筒が貫ぬいている様に見えた。

　市中の見物も安平城趾へ行くのもすべて自動車で案内せられて、その車でまた並樹の列が暗くなりかかっている田舎道を疾駆して蔴荳の倶楽部へ帰って来た。一たん発作が起こった上は、一日や二日でなおるものでない事はよく承知しているのであるが、それでもどうかした機みで治まってくれないかと念ずる気持が絶えない。それでなお気疲れがする。又自動車で往復したと云っても身体も労れている。夕飯に麦酒を飲んで、麦酒を飲むとその場だけは結滞を押さえる事が出来るから、なおったのではないが、朝から続いた一日の苦痛を忘れる。それで熟眠する事も出来た。

　翌朝目が覚めて見ると、矢張り結滞している。胸の中は苦しいけれど、台湾の十一月の朝風はさわやかである。内地で見られない様な美しい赤い色の花が青芝の向うに咲いている。小鳥もつい目の先に来て鳴いている。深山頬白《みやまほおじろ》を一回り大きくした様な白頭子《ペタコ》と云う小鳥が一番沢山目についた。

矢張り朝の内は苦しいので落ちついていた。午後遅くから社線の機動車で佳里《かり》農場を見に行った。何千町歩にわたる砂糖黍の畑を一眸に見る場所に案内されたが、渺茫とした大きな景色に向かって深い息をする気持になると途端に胸の中が重苦しくなる様であった。

次の朝相当に烈しい結滞の発作を胸中に蔵した儘、急行列車に乗って台北に帰った。夕方から郵船基隆支店長の招宴を受けたが、大分こじらしているので、麦酒を飲んでも治まらない。折角の好意を無《む》にする様で相済まぬと思ったけれど、到頭宴の終わるまで気分が軽くならなかった。

次の日は私が台湾へ来て初めて雨が降った。一日宿屋に引籠もって胸の中の不安をそらす事にばかり気を疲らした。そうしてその翌日基隆を解纜《かいらん》する富士丸に乗船したのであるが、その前に基隆支店の階上で講演をする様に頼まれている。聴き手は基隆港に碇泊している郵船の船員諸君である。台北の旅宿を出て汽車で基隆に著いた時から、蕪荳の発病以来その日が一番苦しかったので、出来れば講演はことわりたいと思ったけれども、私が支店に行った時は既に人人が集まっているのでそうも行かない。用意に持っていた薬をのんだが利かない。二階へ上がるのも一苦労であった。演壇に起って、自分は今病気であると云う事を話し、十分なお話の出来ない事をわびた。講演と云う程の纏まった話をする気力もないし、又こう云う発作には筋の立った事を考えつめる事も出来ない。ただ顔出しして御挨拶をしたと云う意味に解せられて勘弁して戴きたいと、それだけの事を云っている内に非常に苦しくなって、息切れがし出したから、匆匆に壇を降りた。

来た時は大和丸から上陸して上屋《うわや》を通ったのであるが、帰りはその講演だか挨拶だかを終わって、支店から船まで岸壁を伝って行った。支店の店童が私を案内してくれるのであるが、私はその少年の足について行く事が出来ない。船はそこに見えているけれど、中中そこまで辿り著けない。船から引いた太い纜《ともづな》が幾本も足許に張っている。それでなお歩きにくい。私の結滞発作の中で、基隆の岸壁を歩いた時程苦しかった記憶はない。

やっと舷門に入って、ほっとした。船長や事務長に挨拶した後、すぐに船のドクトルの部屋へ行った。蕪荳で発病して以来の事、又これは私の持病である事をドクトルに話しただけで少しは気分も軽くなった様である。

間もなく富士丸は出帆した。港外に出てアジンコートの島を右に迎える頃になると、水天一碧の東支那海の海風が私の胸の中をすがすがしく通る様であった。まだなおりはしないが、つい先程の埠頭の苦悶は少し他人事《ひとごと》の様にも思われる。四日目に神戸に上陸する迄の船中の明け暮れを思い出して見ると、二日目の午後から海が荒れて夜半は大時化になった事以外自分の身体の苦痛は全然記憶に残っていない。時化で大きな船が暗い波の上をぐらぐら揺れながら走った事まで面白かった様に思い出す。

雨の港の基隆が、私の帰りには雨が降っていたかお天気であったか、そんな事は自分の胸中の苦痛にばかり気を取られていたと見えて、今いくら考えて見ても何の記憶もない。

（『大洋』一九四一年六月号）

時化

船長と、船長の隣りにいる某艦の艦長とが、時化の話をしている。船が何十度傾いたとか、傾いたままで走り続けたとか、それは荷の積み方が悪かったのだとか、実はその時積荷をしたのは自分だと云って船長が笑い出したり、傍から聞いていると中中面白い。船長は私の方を向いて、食卓にはこう云う風に枠を嵌めて縁《ふち》からお皿が落ちない様にするのですと教えてくれた。経験のない私などには、想像して見ただけでも大変な事であるが、しかし何もそんなにしてまで食べなくてもよろしいでしょうと云うと、時化が長く続けばそうは行かない。みんなこうやって獅嚙みついて、お皿がどこかへ行かない様に押さえているのですよと船長が云った。

そんなに揺れたり傾いたりするのが、結局船の顚覆する前提であれば恐ろしいに違いないけれど、そうでないときまったら面白いのではないかと思ったから、一寸向うの話しの間に口を出して見た。艦長がいやそんな事はない、いくら海に馴れていても穏やかな方がよろしい。若しそんな事を云うとしたら、それは負け惜しみですよと云った。

昼餐の時の話しであったが、午後になってから、船が少し揺れる様に思われ出した。内台聯絡の行きがけは穏やかな航海で、こう云う工合なら、海の旅も悪くないと思ったが、帰りは行きよりもなお一層波が静かであって、基隆《キールン》から澎佳嶼《アジンコート》の沖にかかっても瀬戸内海を走っている様な気持がした。海の上で一晩明けて、今日も朝から船のまわりに波頭も立たない様な凪が続いているので、ついさっきの様な、荒れた方が面白そうだと云う悪戯っ気を出したりしたのであるが、喫煙室に腰を掛けて、窓の外の海と空を見くらべていると、段段面白くなさそうである。

少し先に小さな低気圧が出ていると船長が云った。おやおやと思ったけれど、逃げ出すわけにも行かず、一人だけ引き返す事も出来ないから、無暗《むやみ》に煙草を吹かして、次第にかげって来る海の上を眺めていた。

段段ひどくなって、縦揺れ横揺れと云う事を初心者に十分納得させる様に船がしなを造り出した。帆柱がぴゅうぴゅう唸っている。どこかで締め忘れた木戸が、ばたんばたん鳴っていればすっかり山ノ手の木枯しであるが、船の中にその趣きはない。ただ窓の外の波の音が高くなって、ざあざあと云う響きが帆柱の風に鳴る音に調子を合わしている。晩餐の食堂に出て見たが、同卓の代議士と陸軍大佐の顔が見えない。私も余り気は進まなかったけれど、業腹だからわざと当り前の顔をして御馳走を詰め込んだ。

夜になると益はげしくなって、時時風玉が船にぶつかるのが解る様な気がした。船長は十時過ぎるともう何処やらの島かげに達するから、少しはらくになりますと云ったが、そう云う話しを聞いていても、何かしら上《うわ》の空《そら》の様な気持である。しかし何に注意を向けていて、その為にぼんやりしていると云うはっきりした自覚もない。酔っているのか、こわいのかそのけじめも判然しない。寝てしまおうと思って給仕にお茶を命じたら、今夜はひっくり返るといけないから、わざと持って来なかったと云った。だからおすみになったらベルを押して下さい、すぐに下げますからと云っている内に、給仕の手許で土壜が動き出して、押さえるひまに茶碗をお盆の外へ押し出してしまった。ひっくり返ったのではないが、結局茶碗は床にころがった。

ベッドに横になって見ると中中揺れている。しかし船が新らしいので、ぎちぎちと云う音がちっともしない。だからいい気持だとも思えるが、またこれだけ揺れていて、少しも音がしないのは無気味だと云う風にも思われる。エレヴェーターが横に揺れ出した様な感じもする。足許の壁に手廻りの物を載せる小さな網棚がついている。それがもう少しこちらにあると、片手でつかまるのだけれど、寝たままでは手が届かない。時時おっこちそうになるので、敷布団の縁に手をかけて目をつぶった。少し馴れて来て気持も落ちついた様であり、耳を澄ますと帆柱が色色の声をしている様に思われて、聴きとれている内に眠ってしまった。

夜が明けるともう静まっていたが、朝の食卓で聞くと、どこやらの部屋では椅子がひっくり返ったと云う話であった。昨日のお午に私が顚覆しないときまっていれば少少荒れた方が面白そうだなどと不逞な辞を弄したので、海神の癇にさわったかも知れませんねと云ったら、前の老紳士が、あんたが怒られるのはええけど、はたがたまりませんわと云って笑った。後で考えて見ると、矢っ張り少しは面白かった様な気もするが、まだまだこれから度度船に乗して貰おうと思っている際であるから、万一この拙文が海神の目に触れる様な事があると困る。それで当夜は誠に恐ろしくて生きた心地もなかったと云うつもりに記憶する事にする。

（『海運報国』一九三九年十二月号）

玄冬観桜の宴

一

　暮の十五日は今年最後の面会日であるから御馳走を出す事にした。御馳走は馬肉である。今年の早春にも馬鍋をした事があるが私は特に馬が好きであると云うのではない。しかし又きらいでもなく、無気味だと思う様な事はない。若い連中と牛肉を食う時に私はこう云って教える。牛肉にはうまいのと不味いのと、かたいのと柔かいのと、高いのと安いのとがある。みんな別別の関係であって、かたいのが不味いとはきまっていないし、高いのがうまいとは請合えない。柔かい計りで、味のない肉にはよく出くわす。人人が馬を食いたがらないのは、右の牛肉の話と同じわけで、安いものだから気が進まないのではないかと思われる。しかしみんなが馬好きになって、この頃人が豚を食う様に馬を食い出したら困るかも知れない。豚は生まれた時から人に食われるにきまっている様であって、その外に使い途もないであろう。若し豚に宗教があるなら、死後の生命は人間の肉体に宿ると云う事になっているに違いない。

一匹の豚自身としては中途で殺されるのは意外でもあり残念でもあるか知れないが、豚全体としては人間に食われる事は予め承知していると思う事が出来る。馬はそうでない。

馬の虚をつくと云う点で、馬を食うのは少し気にかからぬ事もない。馬は人間に食われるつもりでいるものとは考えられない。しかし向うのつもりを斟酌するには当たらないであろう。河海の魚、山野の鳥は逃げ廻っている。馬は逃げないのであるから、それを食うと云う法はないとも考えられる。この前の馬鍋の時は、私が自分で馬肉を買いに行ったら、俎の上で刻んでいる外を生きた馬が通り過ぎた。食われるつもりでいる豚と、そんな事を考えていない馬と、どちらの舌ざわりがいいかは、食ふ側の人の性分にもよる事であろう。

台湾で水牛を沢山見たから、傍の人に水牛は食べられるかと聞いて見たら、本島人は食うそうだが、自分はまだ食った事がないと云った。私が水牛のすき焼がたべたいと云うと、それでは取り寄せるけれど、かたいそうだと云った。かたいのと不味いのとは別である事を知っているから、構わないと云った。

自分は二十何年台湾に住んでいるが、水牛を食って見ようなどと思った事がない、貴方は初めて台湾に来ていきなりそんな事を云うものだから、水牛の件が気になって色色身辺の事を取り違える。重大な結果を招く如き事があったら、貴方の所為であると東道の主が云った。食われないつもりの獣もいるし、食うつもりのない人間もいるし、様様だと思った。

その晩の御膳に坐って見ると、うまそうな肉がお皿に山の様に盛ってある。ところが水牛は台南の市場まで探さしたけれど到頭手に入らなかったので、これは黄牛だと云う話であった。

二

黄牛とはどんな牛かと尋ねたら、そこいらの道ばたにいくらもいる普通の、水牛でない牛だと云った。目白新坂の途中に肥車を牽いて休んでいる朝鮮牛の様な貧弱な牛が、所所にいた事を思い出した。水牛は角が特に立派であるが、黄牛の角は甚だ見すぼらしい。しかし肉を喰べてどちらがうまいかは、道ばたで会った時、そのつもりで牛を見なかったから想像の上で比較するわけに行かない。

鍋の世話をした倶楽部のおばさんは、水牛が手に入らなかったけれど、黄牛だって旦那様方の召し上がるものではないと云って、まずいのを自慢する様な事を云った。同席に旦那様方が二人いたが、全く二人とも未だ喰べた事はないと云う話であった。水牛でもなく黄牛でもなく、普通にそこいらで姿を見る事のない牛を台湾の紳士達は喰うと思われる。

しかし目の前のお皿に盛ってある黄牛の肉はうまそうである。私から箸を出して喰べ出すと、同席の両氏もお付き合いの様な顔をして口に運んだが、その内にうまいうまいと云い出した。これなら喰べられると云った。私には初めから東京の牛肉屋で喰う味と何の変わったところもない。私が思うに水牛は一番安くて、余り安い為に手に入らなかったのであろう。

黄牛はこれに次いで安く、安いものだから、不味いとあちらの紳士達は即断しているに違いない。

黄牛一斤の値段は聞かなかったが、私がこれから振舞おうとする東京の馬肉が台湾の黄牛よりも安い事は疑いない。その安い馬肉を以て十分に諸子をもてなす事が出来ると云う自信はある。しかし当夜の鍋の中が後に残って、幾日も家のおかずは馬の食い残しばかりと云う事になっては迷惑である。それで予め葉書を出して当夜の出欠を確かめる事にした。啖馬の意ありや否やに就き簡単に返事をもとめたのであるが、諸子から色色の事を云って来た中に、内藤吐天宗匠は、玄冬観桜の宴に招かれて誠に有り難いと云った。それに因んで本文の標題も観桜の宴と云う事にした。

片手で持っていられない程重い大きな竹の皮包みを開けると、馬肉の横に味噌の塊りが入れてある。添えてある物だから鍋の中へ入れる事は入れたが、こう云う事をするので馬肉に対する世人の誤解がいつ迄も解けない。その儘で喰うと物騒であるから味噌を入れて胡麻化すとか、或は臭いから味噌に臭味を吸わせると云う風に人は考え易い。昔は牛肉を買いに行っても向うで黙って味噌を添えた事があるが、矢張り臭いと云う遠慮からそう云う事をしたものと思われる。牛肉は臭いと云うよりも、そのにおいは風味であるが、馬に風味はない。

三

鍋の中が煮立って、味噌の塊りが溶けた。汁の色が稍濁って、もやもやと霞が棚引いた様に見える中に、さくら花が爛漫と咲き乱れた。列座の客は初めての事でもないので、盛んに箸を動かし、霞の奥を引っ掻き廻して花びらを摘まんでいる。鍋の中にはかたいのと柔かいのとが混じっているらしい。私は運わるくかたいの計りしゃくり上げたが、かたい肉が不味いと云うきまりはないと、一一説明しながら嚙んだ。口中の歯の数が少いので嚥み下すのに手間がかかった。

目方は大体この前の時の見当で、一人頭につきこれこれと云う当をつけて調べておいたのだが、少し多過ぎたかも知れない。客の去った後で鍋の中に残っている。

馬の疲れで夢も見ずにぐっすり寝て、翌日は定刻に出勤した。携行する弁当箱の中のおかずは馬の残りである。こう云う事になっては困ると前から心配していたのであるが、しかし一日ぐらい後を引くのは仕方がない。おかずに就いて不足はないけれど、ただ昨夜の宿酔があって、いつもの時刻にお弁当を開く気がしなかった。夕方からは忘年会の約束があって、段段とそれが近づくにつれ、序《ついで》の事にこの儘弁当箱を持って行って、その席であけようと思い出した。

忘年会の後、諸君と何処かを廻っている内に弁当箱を入れた風呂敷包みを置き忘れてしまった。まだ中味は食べていないので、ほっておくと馬が変味すると思ったが、何処へ行ったか解らない。後で聞くと馬の弁当は随分遠方まで行ったのだそうであるが、結局私の手に戻って来たのは四日目である。もとの通りの持ち重りのする弁当包みを手に取って暫らく考えたが、どうも無気味で蓋を開ける気がしなかった。その儘また上から古新聞で包んで家に持って帰った。

先ず今年は暮の観桜会で目出度く蹴飛ばした事にする。迎年の楽みの一つは今から三十四五年前になくなった私の父の友人が今でも神戸に健在している。そのおじさんに頼んで、あちらは丹波の山が近いから、山の獣が手に入り易かろうと思ったので、鹿の肉を送って貰う様におねだりした。正月十五日の面会日に間に合ったら、もう一度馬をととのえ、その後で鹿を供して、諸子と共に多幸な新年をことほぐつもりである。

（『都新聞』一九三九年十二月二十七日）

砂糖黍

東京に帰って来てから、台南州の佳里《かり》農場の事を思い出そうとしても、自分の背丈より高い砂糖黍《きび》が身のまわりを取り巻いていて、晴れ渡った大空の色しか見る事が出来ない。大藪の様に茂り合った砂糖黍の畑の中に明治製糖会社の軌道線がうねうねと這い込んでいる。大概曲がっていて向う迄は見えないが、たまに真直ぐ伸びた所は先の方が薄暗い。密生している砂糖黍の畑の縁から中を覗く様に眺めると、奥は真暗である様に思われる。日の影と人の行く道を遮って、何千町歩にわたる砂糖黍の長細い葉っぱが海の近い風にはたはたする上に、美しい空が光っている。その辺りの景色を思い浮かべていると、佳里の砂糖黍は大空から生えていた様に私は思い違いをする。

午後三時過ぎ、遠い夕風が肌を渡る様に思われ出した頃から、台南州蒜荳《まとう》本社の中川常務とガソリンカーに乗って出かけた。砂糖黍の海があって、その浅い底を這って行く様な気持がした。途中でガソリンカーが故障して、迎えの代車が来る間暫らく砂糖黍の真只中に待っていたが、丁度その辺りで砂礫を貨車に積み込んでいた本島人が二三十人こちらを眺めて仕事の手を休めている。纏まりのない自分の気持で眺めていると、砂糖黍が畑の奥から分かれて出て、笠をかぶり砂利を引っかき廻して砂煙をあげている様に思われた。

代りの車に乗って、どこかの大きな駅に著いた。人が大勢いて、中川さんに挨拶した。駅の前に埃っぽい道があると思ったら、私共は自動車に乗ってその上を馳け出し、窓の両側を黄色い風が敲きつける様に吹き過ぎた。

段段道が狭まり、両側の砂糖黍が身近かになったと思うと、間もなく小高い丘の上に家が見えて、同車の農場長が中川さんと私をその中に案内した。そこから見はるかす目の限りは砂糖黍の畑である。ただ所所に木麻黄《もくまおう》の樹が列になっているので、砂糖黍の畑の果てに海を見る事は出来なかった。木麻黄は防風の為に植えるのだそうである。熱帯のあらしが何千町歩の砂糖黍を薙ぎ立てて、農場長の事務所に吹きつけて来る夜中を想像した。私共が燈火の多い蕪荳街の本社に帰った後で、中途まで見送ってくれた農場長は暗くなりかけた砂糖黍の葉が動いている自分の家に帰って行ったのであろう。

（『スキート』一九四〇年一月号）

バナナの菓子

台湾では方方で汽車の窓からバナナのなっているのを見たが、下淡水渓《かたんすいけい》の鉄橋を渡る手前と、渡ってからは屛東《へいとう》、潮州に近づく一帯では、砂糖黍《きび》の畑と見まがう様な大きなバナナ畑を見た。奥の方でどんな風に実が垂れているか、汽車の窓から眺めた丈では解らないが、幅の広い葉っぱのかぶさり合った薄暗い茂みの蔭に、化物の歯並の様なバナナが天に向かってささくれ立っている事であろうと思われた。私のぼんやりした予想とは逆にバナナの実は上に向いてなっているのである。

台湾に十日足らず滞在した間、不思議にバナナは一度も食べなかった。余り有りふれているので、向うの人人はバナナの事を気に止めていないのかも知れないが、又バナナは本場の新鮮な物より、いい加減日のたっている内地の水菓子屋のバナナの方がうまいと云う話を以前に聞いた様な記憶もある。

帰りの船は郵船の富士丸であったが、船長の話にバナナを一万五千籠積み込んでいると云う事であった。甲板の手すりに靠れて船尾に近い方を眺めると、向うの三等の遊歩甲板とこちらとの間に低い所があって、帆柱の中途からその低い所の、甲板からは見えない底の方まで、大きな鯣烏賊《するめいか》の様な物が垂れている。船の走る方に向かって上が開いているので、風を孕んだ胴体から尻尾に当たる下の部分がふくれ上がり、又風の工合で時時はしぼんだりする。何だろうと思って人に聞いて見たら、バナナの籠に風を送るのだと云う話であった。内地に著く迄に風で揉んで風味を出す趣向だと云う事がやっとわかったが、その晩はひどい時化になって、船室の茶碗が床に落ちる様な騒ぎであった。翌朝風が凪いでから甲板に出て見るともう鯣烏賊の様な物はなかった。きっと騒ぎになる前に片附けたに違いない。その儘にしておいて烏賊の胴体が大あらしを吸い込み、尻尾の先からバナナに吹きつけたら、あおりを喰らってバナナは浮き上り空中を飛び廻って面白かったろうと思った。

明治三十何年かに私は初めてバナナのにおいを嗅いだ。日清戦争のすぐ後から台湾に渡っていた遠縁の者が暫らく振りで帰って来て、土産にバナナのお菓子をくれた。マシマローをバナナの形にこしらえて、バナナの風味がつけてある。大きさは人指し指くらいで薄い褐色をしていた。そのお菓子が平たい木函に一ぱい詰まっている。珍らしい物だと云うので祖母が簞笥にしまっておいたが、忽ち座敷じゅうに大変なにおいが漲って、それがそのお菓子の所為だと云う事が解ったので、すぐに取り出したけれど、後後までも簞笥のにおいは抜けなかった。何人《だれ》もたべた者はなかったろうと思う。私などは子供ではあるし、見ただけでげいげいと云う様な気持がした。

生《なま》のバナナを初めて食べたのはそれからまだ十年近くも後の事であったと思う。

(『スキート』一九四〇年三月号)

蟻と砂糖

台湾は暑いから蟻が沢山いるだろう。又台湾には砂糖会社がいくつもあって砂糖をこしらえている。しかし私が砂糖と蟻を結びつけて考えて見ない内に、昨秋台湾へ渡る時船中で、砂糖会社の砂糖倉には蟻がつかないと云う話を聞いた。台湾の蟻は砂糖が好きでないのかと思ったが、そうではないそうで、そこいらにこぼれている砂糖にはすぐにたかると云う話であった。

蟻の気持は解らないけれど、人間の起ち場で類推する事は出来る。普通に見受けるところから考えても蟻には社会があるに違いない。言葉や文字が我我の考える様な物でなくて、蟻の理解する形で用いられているかも知れない。そうして昔から蟻の代を重ねている内に、経験を伝えて進歩もあるだろう。蟻が食べ物を引っ張って行くのは、人間でもする貯蓄に違いないと思われる。貯蓄は蟻の本能だと云って仕舞うわけには行かない。本能にも進歩があり、環境によっては現われる恰好が変わって来る。

蟻が庭にこぼれた砂糖を自分の穴へ運んで行くのを、人間の貯蓄心と同じ気持でやっているものとすると、砂糖倉の砂糖に蟻が見向きもしないのは、我我が考えても尤もだと思われる。塩水で含嗽する代りに、海の水を壜に詰めて棚の上へ列べておこうと云う気にはなれない。蔵っておかなければ無くなるとか、早く持って行って隠さないと他人が取ってしまうとか、何かそう云う気持があって、初めて貯蓄をする事になる。蟻は砂糖倉の前で馬鹿らしくなって行ってしまうのだろうと私は考えた。

尤も私は台湾に一寸しかいなかったので、台湾の真冬に蟻がどうしているのかは知らない。冬でも蟻が地面を這っているとすれば、環境によって本能が違った風に現われるとか、或は内地の蟻と台湾の蟻とはもともと異った本能を備えていやしないかと云う事も考えられる。台湾では悪夢の様な大きな金魚を見たが、あれは冬眠と云う事をしないで、年がら年中餌ばかり食っている所為ではないかと私は想像した。

砂糖倉を顧ない蟻の事を考えていたら、子供の時に蟻を飼った事を思い出した。差し渡し二寸位で、深さもその位の硝子壜に庭の土をしゃくって来て入れ、土の上に白砂糖を撒いて、捕まえて来た蟻を五六匹その中に入れた。硝子の蓋をして外から眺めていると、初めは大変うろたえていた様であったが、翌朝出して見たら、土をすっかりこぼして、上にあった砂糖をみんな底に近い土の間に置きかえていた。

(『スキート』一九四〇年六月号)

船の御馳走

初めにアイスクリームを飲み又は食い、次ぎにソップを食い又は啜り、ソップの時から乾果を出させる。其後一種或は二種の御馳走をたべて、それから珈琲を飲む。それでお仕舞かと思うと又食卓ボイを呼んでライスカレーを持って来させる。船の中の晩餐の時に、私はそう云う食べ方をすると、この頃になって大学の辰野隆博士が頻りに云うので困る。辰野博士とは去年の夏一緒に往復一週間許りの船旅をしたので、其時の事を持ち出すのである。

私に云うだけならいいが、私の知らない方方の宴会などでもそのお話が出るらしい。最近には私の西洋料理の皿順に就いてどこかの雑誌だか新聞だかに寄稿せられると云う話なので、若しそれが実現したら世間体が悪い。右の外に神戸のホテルにいた時、私が隣室の辰野博士に電話をかけた。それがひどく博士を驚かした様であって、私と云う者は壁一重の隣りから電話をかけると云って未だに不思議がっていられる。この件も皿順と一緒に綴られる様なお話であったが、それは差支えない。坐った所にじっとして、成る可く動かない様に心掛けるのが人の邪魔にならぬ所以であると思っているから、博士の思惑はどうあろうと構う所ではない。尤もそう云われて見れば交換台でつないで貰うのを待つより、自分で歩いて行った方が時間は半分もかからないであろう。急ぎの用事ならそうする必要もあろうけれど、成る可く急ぎの用事のない様にするのも、私の心掛けの一つである。

去年の夏の船旅には私の息子も連れて行ったので、船中の食卓は大概辰野博士と三人であった。食事の外にお茶の時間がある。博士と対座して、ボイがお茶を注いでいるのに、博士は私の息子が来ないと云って騒ぎ出した。じき来ますよと云っても承知しない。腰を上げそうにされるので二三度私がまあまあと押しなだめたが、到頭我慢が出来なかったと見えて、一寸探して来ると云うなり、大学の大博士が痩豚の如き私の伜をお茶に呼びに行って下さった。誠に相済まぬ事ではあるが、私も申し訳の義理立てにそこいらを歩き廻って見たところで仕方がないからその儘で待っていたら、間もなく博士は額の汗を拭き拭き伜を連れて帰って来た。ホテルの隣室から電話を掛けるなぞ全く以ての外の事であると考えられない事もない。

お皿順に就いては話が違うので、私は私の筋道を立てて置く必要がある。博士の云われる事は無根ではないが、別別の時に起こった事を一つの場合に纏め上げたところに譃がある。大体私は食卓で麦酒を飲むので、これも度を越すと余りお行儀のいい話ではないかも知れないが、それに適する様なお皿順を工夫する。前菜で飲み始め、場合によれば前菜のお代りをする。不行儀な話だと考えながら之を書き綴っていたら、今不意に四十五六年昔の事を思い出した。私が七つか八つの子供の時、ごわごわした著物を著せられて、袴を穿いて、父の代理で氏神様のお日供《にっく》によばれて行った事がある。大勢の大人の間にまじって、お膳につき、色色の御馳走を食べた。小さな素焼の土器に、酢大根と炒干しのおなますが少しばかり盛ってあった。それがおいしかったので、もっと下さいと云ったら、白い著物の神主がもう一皿持って来てくれた。後になって近所のおじさん達が私の事を、小さくてもお父様の代理をするのはえらかった。しかし、おなますのお代りは栄さんが初めてだろうと云って笑ったらしい。子供だから知らなかっただけの事であるが、船中の盛餐に前菜のお代りをする事はよくない様である。以後慎む事にする。

前菜の次ぎのソップは多くの場合省略する。初めの内の麦酒のうまい盛りに、同じ様な水物を入れる事は不得策である。しかしなんにも食べる物がないと口淋しいから麺包《パン》の耳を千切って嚙る。真中の柔らかい所はおなかがふくれる計りでまずい。或はその時に乾果を命ずる事もある。そうして後はすぐに野菜と冷肉でお仕舞である。

何も食べなくて、つまらない様であるが、そうでない。これは船中の晩餐の話である。例えば今の話の続きで云うと、同卓には辰野博士がいられる。又倅もいる。規則正しくソップから入って、これに続く順序は決して省略せられない。私のすぐ目の前に次ぎから次ぎへと珍羞佳肴が現われる。私が誂えたのでないから、私が食べないだけの事であって、目の保養には事を欠かない。その内に私の麦酒も終わり、珈琲は大概御一緒と云う事になる。

私は食いしん坊であるが、食べるのが面倒である。御馳走のないお膳はきらいだが、そこに有りさえすれば無理に食べなくてもいい。

欧羅巴《ヨーロッパ》へ渡る船客に、成る可く旅費を節約しようと思った人があって、いつもライスカレーばかり食っていたと云う話を聞いた事がある。船の食費は乗船賃に含まれている事を知らなかったと云う笑い話であって、私もそのつもりで聞いたのであるが、この頃船に乗る機会が出来てライスカレーを食べて見ると、学校附近の食堂のライスカレーとは大分趣きが違う。船によって同一ではないに違いないが、いつかどの船かでライスカレーを誂えたら、カレーの種が、牛肉と、豚肉と羊肉と鶏肉と魚と、野菜ばかりで造ったのと、まだ何か外にあったかも知れない、それが別別になっていて、どれを召し上がりますかとボイが聞くので面喰らった事がある。その時は意地汚く二三種一どきに貰って一緒に食ったら、却ってまずかった。

珈琲を飲み終わった後で又ライスカレーを食ったと辰野博士に云われるのは甚だ残念であるが、よくよく考えて見ると、ただの一回だけそんな事があった様である。自分一人なら珈琲迄でよかったに違いないが、博士や伜が余り沢山たべたので、きっと羨ましくなって追加したのであろうと思う。或はその時麦酒を一本ぐらい過ごした為に、自分で順序を取り違えたかも知れない。

船中は人中であるから不行儀はしない様に心掛けている。然るに右の様な皿順顛倒の話の種を蒔いたのは遺憾である。今度船に乗る事があったら、特に辰野博士と御同船する機会があったら、ゆめ心掛けて物事の順序を間違えぬ様にしよう。

台湾航路の御馳走はずっとくだけていてドメスチックな趣きがある。尤も私は郵船の船の事しか知らないのであって、それも大和丸と富士丸二艘の経験であるが、朝の食卓に、前から頼んでおけば味噌汁を持って来させる事も出来る。同卓の老紳士がおかしな事をして食べて居られると思ったら、後で私にもすすめられた。オートミールに味噌汁をかけて見ろと云う話なのである。翌朝の食卓では私もそうして見た。非常にうまい。しかしどうも料理人に相済まぬ様な気持がする。お行儀をよくしようと思ったのでその後は試なかった。

船に乗って、所定の食事やおやつをみんな食べると一日じゅう腹がへらない様である。船の方ではそのつもりでサーヴィスするのであろうと思われるが、腹がへっていると云う状態の好きな私などは却って不自由を感ずる。私の経験だけでも、朝は先ず船室に水菓子と珈琲に小さなトーストを添えて、部屋のボイがおめざに持って来る。それから暫らくして朝食のオルゴールが鳴る。昼餐の後にはお茶の時間がある。甘いお菓子をいくらでも食べる事が出来る。それから晩餐があって、夜寝る前にもう一度お茶に軽いお菓子を添えて来る。右の外に長い航海になると、午餐の前にもう一度茶菓が出るそうであって、それは私は知らないが、何しろ一日の内に六回か七回口を動かさなければならない。だからみんなデッキゴルフをしたり、辰野博士の様に身軽に歩いたりするのであろう。私なんか食べた為に運動しなければならぬ位なら、食べない方が早手廻しだと云う事を知っているから、この頃は船に乗っても朝はおめざだけで済ます。それで船室にじっとしていればいいが、どうかした拍子に外を出歩いていると、オルゴールが鳴って来て、みんな食堂へ這入って行く。中にはさあどうぞと誘ってくれる顔見知りもある。しかし食べないと思ったからには食べないと考えて、廊下からそれてしまう。食堂の廻りにデッキのある船では、ふとそこを通る途端に、中のおいしそうな光景が横目に映る。今から這入ったって一向構わない筈だと思う。しかし急いで通り過ぎて自分の部屋に帰ってしまう。そんな無理をしなくてもよさそうなものだが、そうでもして抵抗感を養わなければ船の御馳走に圧迫せられる計りである。但し私は胃弱でもなくその他食物の制限を必要とする病気は何もない。負け惜しみだと思われるなら、それでも構わない。

（『大洋』一九四一年二月号）

航路案内

　四年前に初めて日本郵船に出社した時、当てがわれた机の上に長方形の金網の籠が三つ並べてあった。その中の二つには既決未決の小さな木札がついている。しかし私の決裁する書類が廻って来るわけではない。籠の中に切符発売所の棚に列べてある様な各線の航路案内を積み重ねてくれた。新入りのおやじを一通り教育するつもりであったかも知れない。又こちらでも初めの内はなんにも用事がなかったから、毎日洋服を著用して物物しく出勤はするが、机に向かって航路案内の小冊子を丹念に読むのが一日の仕事であった。沢山あるので二日や三日では読み切れない。まだ読まないのを未決の籠に積み、読み了わったのを既決の籠の中に重ねる事にした。

　その内にまた用事も廻って来る様になった。しかし矢っ張りひまな日の方が多い。相変わらず航路案内に読み耽って到頭あらかた片附けてしまった。船会社に来たおつき合いに読んだわけではない。知らぬ海や港や島島の記述が面白かったのである。

　読み了わった航路案内を目の前の網籠に積み重ねた儘歳月がたった。冬は暖房の温気《うんき》でふと触れた手先に本の肌が生温かく感じたり、夏は煽風機の風を孕んで表紙がはたはたするのを気にした事もあったが、それも毎日見馴れた私の環境であり、廻りの手にさわる物は扉の内側の私の小世界である。一二度部屋を変わったけれど、移った部屋でも机の位置は同じ様に据えて、机の上の物ももとの通りに列べたから気分は余り動かない。毎日部屋の始末をしてくれる店童が私の気持を呑み込んだと見えて、そこいらの物の置き場所を少しも変えない。夕方自分で部屋を閉めて帰る。翌日扉を開けて這入って見ると辺りになんにも違ったところがない。すべて昨日の通りであり、今日はその儘昨日の続きである。四年の間航路案内の表紙を、一番上に積んだのはいつも一番上に載っているので、毎日見るとは思わない程に見馴れて来たが、気がついて見直せば随分よごれた。白い所は黄色になり赤かった所は茶がかって来た。みんな読んだ筈だが中身は大方忘れてしまった。

暮の八日もその部屋で過ごした。年があらたまってから新聞の記事に目新らしい様な、知っている様な港や町の名前が出て来だした。香港、麻尼剌《マニラ》、新嘉坡《シンガポール》はそうでもないが、タンジョンプリオク、スラバヤ、バイテンゾルフ、シンガラダ等は中学校の地理の記憶ではなさそうである。目の前にある航路案内の内のどれかで教わった地名に違いない。

瞬く間にそこいら辺り一帯が日本の領土になってしまった。大正十年初版、昭和十三年第六版の「濠洲航路案内」を引っ張り出して見る。寄港地案内の項に、横浜を発してより内地各港に寄港して十二日目に船は香港に著く。香港はもと一小漁村で又南支那沿岸に跳梁した海賊の巣窟として名を知られていたが、英国人の著目する所となり、千八百四十二年南京条約の結果英領となる。その後千八百六十年対岸の九龍半島約四平方哩の地を併せ、更に千八百九十八年に至り背面約二百七十平方哩に亙る地、並に近海の小島に対し九十九箇年の租借権を得て今日に及びましたと云う様な事が書いてある。古い案内記の何でもない記事が読み返して感慨に堪えない。麻尼刺に就いてもダヴァオに就いてもその説く所が今日の事情と異なる為に却って興趣が尽きない。

昭和九年版の「爪哇とバリ」の中には前に挙げた地名が次ぎ次ぎに出て来る。私は四年前にこの本でタンジョンプリオクなどを覚え込んだのであろう。「比律賓《フィリピン》と日本郵船」「内南洋航路」と云う折り本もある。みんな書きかえなければならないと思う。しかし新らしい航路案内が出来ても私の机の上で表紙の色が変わるまで古くなった昔の航路案内はその儘残して置きたい。当時の事情を今日の目で読む。これ程面白い物は滅多にあるものではない。

（『アサヒグラフ』一九四二年六月二十四日号）

迎暑

南洋へ行った事もないし懇意な友人の中にそちらから帰ったと云うのもいない。話を聞いて見る機会もないが何しろ暑い事だろうと思う。しかしどう云う工合に暑いか想像しただけでは見当がつき兼ねる。

暦の上の入梅から一日二日後に雨が降り出し、急に身のまわりがじめじめしたので梅雨だろうと思っていると、風が出て吹き降りになり間もなく上がった。入梅ではなく一寸した時化だった様である。それから十日余りになるが何日目かには雨が降ってじきに止んでしまう。雨の方ではまだ梅雨らしい所がない。降っていない間の蒸し蒸しした息苦しい日に矢っ張り入梅なのかと思う。濁った霧の塊りの向うに、ぎらぎらする目のくらむ様な真夏が待ち伏せしている様な気がする。

南の新版図の雨期と云うのはこちらの梅雨とは話が違うらしい。爪哇《ジャワ》などでは季節も逆になっている様である。こちらの冬が向うの雨期でその間の最低温度は夏の乾燥期より却って高い。バタヴィアでは乾期の最低華氏六十六度、雨期七十四度となっている。

最高は乾期九十七度、雨期八十六度。こういう事は前稿の「航路案内」に書いた小冊子で私は知った。バイテンゾルフは海抜の高い森の中の都会だから一層気候が温和だそうである。熱帯の事であるから暑いには違いない筈だが近年の東京の意地の悪い暑さ、瀬戸内海沿岸の夕凪のする地方の暑さとは趣が異なる様である。案内記で濠洲航路の寄港地ダヴァオの項を見ると、「ダヴァオは北緯七度で熱帯ではありますが暑気は左程でなく、一年を通じて六十八度から八十五度の間を上下し」と書いてある。

御飯蒸しの中で蒸されている様なこの二三日の暑さから遥かにその方角を想像する。もっと暑い筈の所が案外そうでもないとしたらいい心持であろう。しかし一帯がそうであるわけもない。もっと手近な所で台湾の事を思い出して見る。台湾には先年一寸行って来た。

暑い所には暑い時に、寒い所には寒い時に行かなければ本当の趣は解らないと云われるが、私が出かけたのは十一月の中ばであった。そろそろこちらは寒くなりかけている。基隆《キールン》から上がって見ると車夫は白い襯衣一枚で胸をはだけている。汽車の中には煽風機が廻っている。台北で宿屋に寝たら蚊帳を釣ってくれた。台南まで行く夜行の寝台にも蚊帳が釣ってあった。台南でも勿論蚊帳の中に寝た。もう十一月だが何月頃まで蚊帳を釣るのかと尋ねたら年中釣りますと云った。尤もその時に頭の上の鴨居を守宮《やもり》が這っていた。夜明けにはいい声で鳴くのを聞いた。蚊帳を釣っておかなければ寝ている顔の上に落ちたら冷たいだろう。

出掛ける前に台南ではお正月に朝顔が咲くと云う話を聞いたが、来て見ると朝顔を探す気にもならない程色の花が一ぱいに咲いている。それからまだ南の屏東《へいとう》からもっと先へも行ったのだが、大きな河一つ渡ると急に暑くなった。丸で内地の真夏である。熱帯と云うものはこんな物かと回帰線から少し這入ったばかりの所で感心した。十日許り後に東京へ帰る途中大阪駅で歩廊に起っていたら身を切る様な寒風が吹いて足許ががたがた震え出した。後から考えると屏東の熱風も梅田の寒波もどちらも譃の様である。

飛行機の製作会社に勤務している昔の学生がこの春台湾の支所詰になって出発した。その時私がこの頃の時候に出掛けるのは大変だ。冬の間比較的さめている島全体がこれから急に熱くなる。山や磧《かわら》や岩の塊りが毎日焼かれて蒸される。その上に寝起きするのだからその覚悟で行きなさい。熱くなってしまった真夏より春先の方が苦しいそうだよと、実はよく知らない事を知った様に云って聞かせた。暫らくたって東京にいる同僚の許によこした便りに、先生からおどかされて来たが案外それ程でもないと書いてあったそうである。

これだけの稿を書くのに二三日掛かっている。その間にまた雨が降り出し、本物の梅雨かと思っている内に上がってしまった。その後が暑い。これから東京と云う大きな塊りが焼かれて蒸されて土用を迎える。

（『アサヒグラフ』一九四二年七月二十二日号）

戻り道

台湾へもう一度行き度くて夢に見る様である。四年前の曽遊は病気の為に思い出そうとしても摑まえ所のない気持がする。著いた何日目かに台南の近くの蔴荳《まとう》に落ちつき、一晩寝て目をさましたら持病が起こっていた。病気と云っても熱が出たりおなかを下げたりするのではなく、結滞の為に胸の中が苦しいのである。寝ていなければいけないわけではない。寧ろ寝れば却って苦しくなる。あたり前の顔をして起きているけれど胸の中が休まる時なく変な風に混乱して苦しい。じっとしていると息が詰まりそうである。それであちらこちらの見物に案内せられる儘について行った。珍らしい所に起っても胸の中は滅茶苦茶になっている。それで記憶がぼんやりして赤嵌楼《せきかんろう》もゼーランジャも並樹の木麻黄も路ばたの黒い山羊もみんな霧のかたまりの様に曖昧である。佳里《かり》農場の防風林が海の様な砂糖黍《きび》の畑の中に遠くなったり近くなったりする。一ところにとめて思い出そうとしても動いて止まない。四年の間に記憶が薄れたのでなく、何もかも初めからぼやけた儘なのである。

到頭なおらないなりに帰る事になった。十一月半ばの朝風の中を蕪荳から新営《しんえい》まで明治製糖の自動車で疾駆した。会社の秘書の甘木君が同車して見送ってくれる。さわやかな風を切っている筈なのだが、道の凸凹で車がゆれる度に胸の中がますます苦しくなってそちらに気をとられる。どんな所を通ったか丸で覚えていない。屋根の低い新営の駅の前に車が停まって外に出たらほっとした。

暫らく休んでから改札を通り屋根のない歩廊に起った。通り雨が顔にかかった様な気もするし、それは別の時の事を間違えている様でもある。右手の線路ののびた先から急行列車が来た。近づくにつれてその姿が非常に大きくなり機関車の前面が倉ほどもある様に思われた。疲れているのか苦しい所為か得体の知れない悲哀の為か目先が霞んで霞の中に段段がある。

黒い汽車が顔の前をすれすれに通って停まった。中はすいている。すいているのではない。だれもいない。私一人だけである。窓から見送りの甘木君に挨拶した。動き出してその窓をしめるのが苦しい。後でボイにしめて貰った。

汽車の揺れ加減は申し分ない。遠い景色を見る気はしなかったが、窓に近く飛んで行く壁の色や小川に浮いた水草の花が火花の様にぱっぱっと眼の裏で消えた。廻転椅子に落ちついている内にお午近くなったら大分気分もよくなった様である。

どこかの駅から一人二人お客が乗って来て車内が少し賑やかになった。半分ばかり来た時停まった駅で詰襟の役人が一人乗った。身体も顔も大きく大分えらそうである。窓の外に見送りの制服が五六人起立している。車内の役人がそちらに向かって会釈する為に腰を掛けた儘窓枠に手をかけた。その時指の腹が埃でざらざらしたのであろう。こわい顔になって後を振り向いたら丁度そこに車掌が起っている。窓縁の指の跡を指して、これは何だと云った。

忽ちボイが雑巾を持って来て窓枠を拭いた。そうしておいてさっきの車掌が頻りにあやまっている。ついでに私の所の窓縁も綺麗に拭いてくれたのでいい心持になった。威張るのも私はきらいではない。ただ余りこわい顔をしたので汽車が動き出して相手がいなくなった後、その役人は廻転椅子を廻しながら同車の客の前で顔の持って行き場所に少し当惑した様であった。

川底から硯の石が出ると聞いていた川の鉄橋を渡り、隧道をいくつも出たり這入ったりする所へ来たが、ボイが一一窓の開けたてをしてくれた。線路が曲線になって窓から先頭の機関車が見える事がある。煙を吐いて向うへ曲がって又見えなくなる。汽車全体がううんと伸びをしている様な気持である。胸の中が段段らくになって、この儘なおるのではないかと思う。

（台湾鉄道局発行誌〔誌名不詳〕一九四三年五月号）

神風機余録

飯沼飛行士の戦死が発表せられたので、私も人並みに感慨を催す。飯沼君には飛行場や朝日新聞の航空部の部屋で二度か三度は会ったに違いない。言葉を交わした事もあるだろうと思うけれど、どう云うわけかその記憶に纏まりがつかない。ただはっきり覚えているのは、神風飛行から帰った時、東京の上空を飛ぶと云うので時刻を待っていると、その当時私が住んでいた市ケ谷合羽坂の家の障子に空から伝わる響きが聞こえた。いきなり馳け出した狭い往来の頭の上を、小さな飛行機が青い春空をそぐ様に飛んで、忽ちどこかのお屋敷にかぶさっている大銀杏の樹冠の向うに隠れてしまった。一目で見た神風の姿はありありと思い出す事が出来る。

二三年前に台湾へ行った時、台北から乗った夜行列車が南へ走って台南の手前で夜が明けた。初めは夜が明けた辺りで下車するつもりであったが、その儘乗っていれば汽車はまだ南へ行くので、ついでに知らない所を通って来ようと思い直した。有り難い事に明治製糖会社の秘書甘木君が同行してくれる。普通の人間ならほっとけばいいが、私の様な間抜けを台湾まで東道して、一人で勝手を知らない所をうろつかせた為に、どこへ行ったか出て来なくなったら後で探すのに骨が折れるから案内役をつけるとそこの常務が云った。それで私は台南を通り過ぎて高雄へ行き、更に乗り継いで屏東《へいとう》から潮州に行き、潮州の駅で汽車弁当を買って貰ったら竹の箸がついていた。その弁当を食べながらまだ乗っていたら到頭台湾幹線のどん詰りの渓州《けいしゅう》まで行き著いた。

渓州駅の構内のもう線路が無くなった先に地上げだけした土手の様な物が向うへ延びている。近い内に鉄道が敷かれて鵞鑾鼻《がらんぴい》へ行く筈であるが、今のところは鵞鑾鼻へ行くにはさっきお弁当を買った潮州から自動車に乗るのです。近くに四重渓温泉もある。御希望ならばそこまで御案内してもいいと甘木君が勧めてくれたが思い止まった。迷子になる心配はないけれど、随分南へ来ているのに、この上汽車もない道をきわめて、神風機のこわれた鵞鑾鼻の岬を見に行くのは旅愁を誘い過ぎる。

神風機が消息を絶ったと云う報道を聞いて蔭ながら心配したが、鵞鑾鼻にその破損した機体が発見せられた時から、この聞き馴れない妙な地名が記憶にこびりついた。今その近くまで来て、どんな所か行って見ようと思うより、見たくないと云う気持の方が強かった。

訪欧飛行の時、神風が羅馬《ローマ》を立って巴里《パリ》に寄り、夜半に倫敦《ロンドン》に著くと云う日の興奮を思い出す。その時の私の覚書「神風漫筆」が最初に載った単行本の奥附は昭和十二年十月になっているから、神風が飛んだのもその年であったか知ら。何年と云う記憶はないが、右の倫敦に著いたのが、四月九日である事は私の覚書に記入している。いい歳をして自分でそう思いながら九日の宵には家にじっとしていられなくなった。それで到頭朝日新聞社まで出かけて行ったのであるが、その時の事は自分の手で記述した「神風漫筆」があるのだから繰返す事は止める。社屋を取り巻いた群集の喚声が君ヶ代の合唱に代わって、中にいた辺りの人が階段を馳け上がったり下りたりし出したところまでしか私は書き留めていない。その後で何階だか上の方の殺風景な広間で、全社員諸君に私なども交じって万歳を唱えた。勿論飯沼君はその席にいないけれども、いなくてもすぐ目の前に彷彿した。その夜の感激は昨日の事の様に思われる。

拙文を教科書に採り入れたいと云う挨拶を一二受けた。普通の読者の外に、学校で神風飛行の解説を先生から聞いた生徒も相当にいるだろう。その飯沼飛行士が敵前で操縦桿を握った儘戦死した。私の少年時代に日清戦争から日露戦争へかけて幼い心に焼けついた安城川の白神源次郎、赤城艦長坂本少佐、東郷大将等の英雄の列に飯沼の名を新らしく加えて、私の古い記憶を新たにしなければならない。今の少年少女が成人した後に思い浮かべる神風の飯沼飛行士の名は、その余りにも輝かしい最後の為に、夢の中でぴかぴか光ってどうしても消えない星の様な気がするであろう。

(『アサヒグラフ』一九四二年一月二十八日号)

蕃さんと私

蕃さんと私だけの話であって、外の所で蕃さんがどんなにえらかったか、私が怪しからんかと云う様な事は関係がない。

郷里の中学校で私の一年上だったそうだが、私は知らなかった。しかし先方はその当時から知っていたと云うし、逆算して見れば正にそうなのだからそれでいい。

昭和十四年の春、私は日本郵船の嘱託になって郵船ビルの一室をあてがわれ、用もないのに大きな顔をしていると、台湾から出て来た蕃さんが、やあやあと大変な声をして這入って来る。まだ暑くないのに、すぐに上著を脱いでしまう。年じゅう台湾で暮らしているのでそんな癖になったか、それとも上ぼせ性なのかなとも思った。

初めて訪ねて貰ったのは郵船の部屋ではなく、焼ける前の五番町の家であったが、手土産に北海道で造るさらさらした砂糖や、お菓子や干物や缶詰や壜詰や、いろんな取り合わせで支離滅裂な物を貰った。蕃さんが台湾から出て来ると云うのは、有名な砂糖会社の重役だったので、その会社は東京にあったが、社長や外の重役のいる東京の方が支店だそうで、本社は台湾だと云う話であった。蓄さんはそっちの方の専務だから砂糖の台湾総督と云う恰好であった。

　蓄さんが私に台湾へ来ないかと云った。そう云っておいて一旦台湾へ帰り、今度来た時、さあ行こうと云い出した。別に差支はないけれど退儀だから愚図愚図しているのを勧めて、台湾はいつでも小鳥が啼いている。お正月に朝顔が咲き出す。自分がいる内に、まあ一ぺん来て御覧なさいと云われて、その気になった。

　行きがけの船は郵船の大和丸であった。私は郵船の嘱託になっていたから、船はただで、蓄さんのお客様になって行ったのだが、船の間は蓄さんは御安心であった。会社から私一人用の一等船室を取っておいてくれた。甲板にある小さな部屋で、バスがないから中途半端であったが、ベッドが一つ半あって、子供連れの客にはその半分の方を使うらしい。使わない時は長椅子になっているので、私は一日じゅうその上に端坐し、窓越しに見果てもない東支那海の波頭におどる白馬を眺め暮らして台湾へ渡った。同船の東道の主の蓄さんは普通の一等室で相客があって、どうも済まん事だと思った。

　大和丸はもとは伊太利の移民船だったとかで、それを改装したのだから、どことなく間が抜けていて、ゆったりした心持のする船であった。二本煙突であったのを戦争中に鉄材がいると云うので、九州のどこかで煙突を一本抜かれてしまったそうだが、その後の船体も今はどこかの海の底に沈んでいるのであろう。

台湾へ上がってからは砂糖総督のお客様として私の前にも後にもない様ないい目を見た。十一月の半ばであったが、夜汽車に乗ると寝台車には上段がなくて、天井から蚊帳をつるのが珍らしかった。台南に近い蔴荳《まとう》では、矢っ張り蚊帳をつるのだが、蚊帳の外の長押のあたりで、やもりが鳴いた。

あんたの様な人を連れて来て、一人でほっといて台湾の山の中へでも迷い込まれた日には、後で探し出すのが大変だから、と云うので蕃さんの秘書を私につけて一切の世話をさせてくれた。お蔭で私は何をしてもお金と云う物がいらない。一週間許りいたのだが、出這入りは自動車、汽車は一等と云う目を見ながら私の使ったお金は五十銭であった。

五十銭を何に使ったかと云うに、生蕃の子供が可愛かったから、坊やそら一つ、二つだよ、三つだよと云って小さな両手に十銭玉を交りばんこに一つ宛握らしたのである。その坊やは裸で前を出していたのに、後になって、あれは坊やではない。女の子だと云う事になった。おかしいなと思ったが、一両年後に郵船の貨物船の船長が台湾へ行った時、その話をたしかめる為に見に行ってくれて、間違いなく女の子だと云う事になったので私は面目を潰したが、何しろ蕃地の事は解りにくい。

蕃さんは今度の戦争で引上げが六ずかしくなるより一寸前に東京へ帰って来て、こちらの重役になりそれから社長になった。世間普通の重役なみに碁を打ち南画を習い漢詩の先生に就き、一通り風流の道を俗に通っておまけに長唄も人前で歌う程だと云う話だったけれど、幸い私は拝聴する機会がなかった。

蓄さんの亡友の遺子が自分の詩集を出そうと思い立ち、私が相談を受けた。蓄さんが私の所へ来た時その話をして詩稿を見せたら、何だ何だ、今の若い者にしては感心だと思ったら、これじゃつまらん。私はまた詩集だと云うので鞭声粛粛かと思ったと云った。しかしこれは蓄さんのうそらしい。

社長になってから、従業員の組合が六ずかしい事を云うので、みんなしてそんなにわしをいじめるけれど、社長なんてお臍の様なものであって、無かったらどうも工合が悪いが、有ったってなんにも邪魔にはならんじゃないか。あんまりそんなに云うなら、わしは川崎の工場の入口にある柳の枝で首をくくって死んでやると云うと、組合の代表がまあまあそう仰しゃらないで。尤もあの柳の木は焼けましたから、首をおくくりになる枝はありませんけれど、それではどうかそのお臍を横に曲げない様にしといて戴きましょうか、と云ったそうである。

今年の晩春に旅行から帰ったと云って、門司と徳山の駅売りのお茶の茶瓶のからを持って来てくれた。土焼で燗徳利の恰好をしている。

蓄さんに昔の中学の後輩だったと云うだけで非常な親切を受け、私からも迷惑をかけて恩誼は筆紙に尽くせないのだが、蓄さんが亡くなられてから既に半年近くになる。思い出を草しておきたいと思ったけれど、文士や変人が死んだのなら新聞に寄せやすいが、社長を弔する文は遠慮で書きにくい。書きたい事を殺し殺し、やっとこれだけ纏めた。五日が命日なので、五日の晩にはお土産の土焼の茶瓶でお燗をして一盃する事にしている。

（『毎日新聞』一九四九年十二月四日）

*

「当世漫語　昭和十四年十二月」より

馬食会

辰野さん、僕のリアリズムはこうです。つまり紀行文みたいなものを書くとしても、行って来た記憶がある内に書いてはいけない。一たん忘れてその後で今度自分で思い出す。それを綴り合わしたものが本当の経験であって、覚えた儘を書いたのは真実でない。

僕は今度大和丸と富士丸で台湾を往復した。それに就いて原稿を書けと云われると書くが、覚えている内に書くのは書く事は楽です。しかし本当は何年か経って、忘れてしまって、もう一度思い出した時の方がいいので、そんな事を思っていたのです。ところが台湾で案内してくれた人が色色な事を僕に教える。到底覚え切れない。手帳に色色な事を書いておいたが、去る土曜日に忘年会がありましてね、いい年をして御機嫌になってしまった。それで歌を歌おうと云うのだが、あんたみたいに色色な事を知っていない。

ひとりでに口をついて出て来たのは、「まだ定遠は沈まずや」あれです。酒を飲んでセンチメンタルな気持で歌っていると、この文句は今の我我の絶唱であると云う気がし出した。初めから終いまでその歌の同じ所ばかり歌っている内に、酔っ払ってしまいました。二次会だと云って何処かへ行ったり、行ったところで向うが間違えて私達を通しておいて、後で追い出したり、また他へ行ったりして、結局いい気持になって帰って来た。それは十六日です。その前夜の十五日は私のとこの面会日当日で、今年のお仕舞だからと云うので御馳走をしました。御馳走に馬肉を出した。馬肉の御馳走は二度目です。今度は来ない人があると、馬が残って迷惑ですから、葉書で予め出席をとって用意した。そしたら返事に「玄冬観桜の宴に招かれて有り難い」と云うのもあった。それでもやはり少し残ってしまった。残ったのを翌日お弁当のおかずに入れて持って行った。ところが前の晩、観桜の客に浮かされて飲み過ぎたものだから、午後二時頃いつもの時刻に弁当を出したけれども、食いたくない。晩の忘年会も近いからと思って風呂敷包に入れたなり忘年会へ行った。そしたら結局酔っ払って色色廻っている内に、面倒臭くなると、すうすう出て行ってしまったりする。その時風呂敷包を忘れてしまった。馬の入った弁当の行方が判らなくなった。馬の弁当包みの中には、日記や手紙やその他、人に見られては困るものが入っている。その中に台湾の手帳も入っていた。それが何処に落ちたかわからない。結局台湾の手帳は紛失してしまった。だから台湾の事は、はっきり判らない。一寸した事を書こうと思ってもその手帳がなければ、教えて貰った台湾語の字が判らない。書いてある事は余計な事かも知れないが、余計な事を書いておくと、大事な事が頭に残ると云う事もある。それも残っていない。矢っ張り弱りましたよ。リアリズムの弁も少少怪しいですね。

台湾の話

台湾でタッキリ渓は見ないが、基隆《キールン》から台北へ行く間に川がある。その川に砂金が沢山あると云う事を一緒に行った人が云っていた。砂金の事が新聞に出る前です。台湾の川には借金が流れているとか、台湾の山へ借金を掘りに行くとか。可笑しな事を云い出しましたね。

領台四十五年なんて云う事を総督府で云っているらしい。その言葉がいかんと思う。もとから日本だと云う気持に早くなった方がいい。何か云いたくてもさっきの手帳がないので。

枝から根の下りる樹があるでしょう。そうそう榕樹です。それを何と云うかと聞くと、台湾松だと云う。へんな話だ。針葉樹じゃない。高雄へ行って、高雄はいい所だと思ったが、名前が変だ。僕の小学校時分には打狗《タカウ》と教わった。似た音を取って字を当てたのだが、変な字面だと云ったら、紅葉の名所もあるではないかと云う人がある。そう云えばそうだ。僕の故郷は岡山ですが、台湾にも岡山と云うところがある。こう云う趣向で内地化を計るのは少少勘がはずれていませんかね。

魚と云う字をヒイと読む。ジェーランジャのアンピン城と云うのがありますね。アンピン城に行く途中に魚塘があって、安平魚即ちアンピンヒイと云う魚を育てている。その池の中に人糞を入れると云うのです。旦那方は食わなかったものだそうだが、人糞を入れるのはそれで微生物を養う。魚はその微生物を食うのであると云う事になって売出しているが、パンサイヒイとも云うのです。パンサイは糞の事だそうです。その魚を例の日本名前で「まさば」と云う事にしている。鯖などとは似ても似つかぬ魚だ。台湾松と同じ趣向です。

私が製糖会社の常務と二人きりで特別仕立の機動車に乗って砂糖黍《きび》の畑の中を走って行くと、道端に子供がかたまって、旗を振り振り何か云った。よく聴き取れなかったので常務に尋ねたら、万歳万歳と云ったのだと云う事であった。そう云われて見ればそうだった様にも思われる。暫らく行ってから、右の台湾語でパンサイ、パンサイと云ったのではないかと云う気がした。ピールの空きピンありませんかの流儀で行くと何とも云われないでしょう。

台湾の官吏や会社員は、外地手当と云うものを貰っているそうですね。私などが珍らしがって、台湾と云う所はいい、いいと云うと、そう台湾を讃めてくれては困る。瘴《しょう》癘《れい》の地に働いていると云うので手当が附くのであるから、帰ってもあまり讃めてくれるなと云う。だから内証だが、台湾はいい所だと思った。非常にいい風が吹く。台北のうしろに草山と云う山がある。たまにそのてっぺんに雪が降る事がある。学校は授業を休んで、馳足で雪を見に行くそうだ。早くしないと解けてしまう。

台湾から帰る途中、船が瀬戸内海へ入ると船長が食堂に出ない、パイロットと一緒に船橋に上る。空けて置けばいいのに、その後へ僕が坐らされて食堂の船長代理をした。私は船には酔わない。何しろ郵船会社にいますからね。尤も酔う程乗った事がないから酔わないのかも知れない。円窓の向うに海が上がるのと、窓が下がるのとで、酔ったか酔わないか判るそうです。窓がこう向いている内は酔っていない、海がずっと上がって来たら酔ったのだ。

（『百間座談』三省堂、昭和十六年六月刊より）

蓬萊島余談　昭和十五年七月

台湾上陸

杉山さんは随分方方を見物して廻られたそうですね。私の台湾滞在は、上陸と乗船の日を入れて九日、正味一週間でした。こっちは蔴荳《マトウ》倶楽部に居ればそれで沢山なのだが、明治製糖常務の中川さんが自動車を仕立てて、引っ張り廻そうとされるのでね。私は動かない事を第一と心得て成る可くじっとしている様にしましたけれど、矢っ張り所所見物させられました。蔴荳の外は、主に台北にいました。しかし行ったのは渓州《けいしゅう》まで行きました。但し渓州にいる間は二十五分間です。ずっと向うから砂風が吹いて来る渓州の並樹道を見渡して、駅の構内で小便をして、直ぐ汽車で帰って来た。乗って見たら私と案内役の秘書君がたった今降りたばかりの同じ汽車でした。

台湾では俳句も作らず、何もしなかった。何もしないで蔴荳倶楽部にいるのが何よりでした。辺りを見ると大王椰子は真直ぐで、普通の椰子は、少し傾いている。

大王椰子には、実はなるか知れないが、なっても大した事はないでしょう。しかし肥料をやって育てる訳でもなさそうだから、役に立たなくても文句は云えない。

倶楽部の前にある大王椰子は三丈くらいあったが、ああ云う椰子に熱帯の嵐の来た時は、どんなだろうと思う。

台湾滞在中は麦酒しか飲まなかったのだが、高砂麦酒と云うのがある。内地のよりうまいと云う事はないけれど、決して飲めない麦酒じゃない。

台北に上陸した日に、北投《ほくとう》の山に登って一泊し、翌日も一晩台北に泊まった。その次の日の夜行で台南へ行きました。一旦汽車に乗った以上又朝になってから下りるのが億劫だったから、それなりで渓州へ行ったのです。暫らく降りていて、砂風に吹かれて見たのですが、間もなく引返す汽車が出ると云うので、それに乗って帰っただけの事です。兎に角、鉄道本線の南端を極めた事にはなりましょう。昼間だから、窓から外を見ると、バナナがなっていたり、台湾烏も沢山いたし、下淡水渓《かたんすいけい》を渡ってから先の、息のつまる様な暑さなんか、身に沁みて分かりました。

生蕃の少女

屏東《へいとう》の蕃屋の蕃人は、僕の親父が癇を起こした時の顔附きによく似ていた。私が行ったのは十一月でしたが、まだ屏東は暑いので、子供が裸体で、猿の毛皮のチャンチャンコを著て、胸から下が開いている。勿論男の子だと思って帰った。後で名前を教えてくれと、蔴荳の秘書に頼んで置いたら、六歳の女だと云って来たので分からなくなった。その僕の話を聞いて、高雄に入船した郵船の貨物船の船長と機関長が行って見たが、確かに女で、その子が女の子の蕃服を著て、高尾光子と一緒に写真を写しているのです。生蕃のお嬢さんで、この通りだと証明されちゃってね。しかしまだ僕は男の子の筈だがと考えている。もっとたたなければ分からない。たれか鳥の雌雄を知らんや。

台湾芸妓

台湾の芸妓ですか。同じ料亭の内に何か結婚式があると云うので、一寸間をあけて来ました。なかなか別嬪さんで、日本語でも要領よく話します。しかし又向うの部屋へ行って歌を歌っているのを聞くと婚礼だか葬式だか、私などには祝儀不祝儀が判然しない。台湾にいる日本人の芸妓については感慨がある。内地人の芸妓の席へ二三度招待されましたが、あんまり綺麗なのばかりいるので、情なく思った。東京でも場末に行く程芸妓はきれいになる。こんなのが揃っている様ではまだ台湾の文化の程度は低いと思ったね。

台湾料理と云うのは、やはり支那料理ですね。家鴨の水掻きなどを出した。僕はへんな物は好きじゃない。

蓬萊ヶ島

僕は台湾は蓬萊島であると思って帰った。一番いいのは、その時の時候にもよる事と思うが風がいい。向うの人は、北窓を開けると、砂が吹き入るなど贅沢を云っている。少少砂が這入るにしても、台南の北風は悪くない。

それから守宮《やもり》の鳴声も風流だ。あれは南でなければ聞かれない。台北では鳴かない。濁水渓《だくすいけい》から鳴くんだそうだ。それから花だか葉だか分からない綺麗なものがある。クロトンの様だが違う。クロトンにしても、銀座あたりでは、小さなのが二円も三円もするが、台湾には人の隠れられる様な大きなのがありますね。勿論生えている姿勢の儘ではただでしょうね。それから小禽が始終鳴いてるし、水牛の背中には鶺鴒《せきれい》の様な姿の美しい鳥が沢山とまっていた。

台南の市場には、本島人が一ぱいいましたよ。例のアンピンヒーなんかを売っている。そこで色色な物を食っているのを、中川さんは平気で指さして今食っているあれはどうとかこれは何とか云うのだが、決して怒らない。あっちの諸君はすっかり訓練されているね。

台湾内地化

台湾は瘴癘の地であると云うので、外地手当が六割五分以下幾割までとか出ているそうであって、時候のいい時に遊びに来た風来坊なんかに、いい所だいい所だと云われては差しさわりがあると云う事であった。御尤もの事だと思ったが、僕がその時いい所だと考えたと云うのもまあそれで通して貰いたい。

領台四十五年と云う事を総督府は云っていた。そんな水くさい事を云わずに、内地と同じに考えさせる様に出来ないか知ら。京都だって大阪だって、暑い時は暑いので、生産事業の話ではないが、もう少し内地の年少の学校生徒を遊びになり見学になり行く様にする事ですね。総督府でもその便宜を計らって、台湾の思い出を次代の国民の胸裡に残す様にする。又本島人の子供も内地へ来させて、少年時代の思い出を植えつける。これが内地化の第一歩だと僕は考える。

台湾服

僕は帰りに、台湾服を貰って来ました。貴人の著る裾の長いのは暑苦しい。労働者の著る脛の出るのは少し見っともない。それで極く普通のを作って貰う様に頼んだ。出来て来たから早速それを著て歩きたいと思ったが、台湾ではこれを著てはいけないと云われた。皇民運動を今一生懸命やっているのに、内地からやって来た変な風来坊が、台湾服を著たりなんかされては、邪魔になると云うのです。それも一応御尤だと思ったから、仕立上りをその儘包んで持って帰った。

砂金のえにし

基隆《キールン》は雨の港と云われているそうですが、私の時は晴れていた。基隆に著く前夜、船でパパイヤを食った。蕃荳で食べたより美味しかった。氷で冷やした方がうまい。港と云えば、何でもその道の者はうまいものですね。あすこは岡山の旭川くらいしかないでしょう。その狭い基隆の港に、すっと大きな船をつける。

私は高雄でも降りたが、高雄と云うのは打狗《タカウ》の事ですってね。

台南の歴史館を見せられました。一寸退屈だけれどいいですね。紅い著物を著た人が、生蕃人に打たれている絵は感慨深い。歴史館の絵はそう云う風に意味をつけて観てもいいでしょうね。

タッキリの金の話ですか。あれは僕が台湾から帰った後で新聞が騒ぎ出した。どうもそう云う物には縁がなさそうです。

豹虎水牛

豹はいたんですね。屏東で蕃人が帽子に附けている豹の牙の飾りを見ましたよ。いないでしょうか。

虎は絵で沢山見た。方方の料理屋に懸かっていましたよ。内地から虎の絵描きが行って売込んだのだそうです。おかしい位方方にありましたよ。

水牛は台北の後の山の上にもいました。私は川端にいて赤い眼をしているとばかり思っていたのだが。

首を粗略にする

僕は台湾に住むなら台南がいいじゃないかと思った。台北はまるで京都か仙台みたいな感じだ。

南の方ではお正月に朝顔が咲くそうだ。

台北でも台南でも第一等と云われる床屋で散髪をしたが、内地のようにシャンプーをかけて頭を洗ってくれない。人の首をぐっと持って行って、じゃぶっと洗う。苦しくて仕様がない。あんまり首を大事にしてくれない様ですね。

安平にも行きました。行って見ても何も歴史的蘊蓄を加えませんでした。又別の所へ行く途中、機動車も止まるし、自動車も始終故障を起こしたので、多少大和魂を発揮しましたよ。本島人が四五十人砂掘りをしている真中に機動車が止まった。中川さんは平気な顔をしているが、僕はこの連中が一揆でも起こしたら大変だと思った。一つ威武をふるってやろうと思った。尤も直ぐ僕がやられるから他人の興味は牽きますまい。

蕃子田から蕨荳までの間、小さな汽車の走っている軌道にシグナルがなかった。私は蕨荳砂糖総督の賓客と云うので、小さな籐椅子を持込んで、一番前に坐らしてくれたが、汽車が好きなものだから、転轍の所にシグナルがないと、おかしくって笑いたくなった。

ある可き所にある可き物がないと滑稽感を催す。

大王椰子

台湾の自然を俳句で胡麻化しましょうか。あなたも作ったんですか。しかしあなたの様に季は構わぬとしても、そうなるとあなたは俳句に季は要らぬと云う論文を出すから困る。

かたすみに咲く花なれど
　忘れ得られぬ花なりき　　杉山平助

おかしいなあ、これは。その上不思議な恰好だよ。俳句が少し伸びた様でもあり、歌にすると寸が足りない。僕のは、

夏雲や大王椰子の幹の瘤　　百閒

これは本格だね。しかしあなたのは得態が知れないから比較するわけに行かない。何しろ私はいい気持で、台湾にいる間じゅう毎日毎夜熟睡して、ここはいい所だなあと思いました。尤も眠っているならどこで何を感じたって同じかも知れない。

（『百間座談』三省堂、昭和十六年六月刊より）

II

八幡丸
日本郵船歴史博物館所蔵

波光漫筆　鎌倉丸周遊ノ一

一

私は四月の末から日本郵船の嘱託になって、一週のうち五日は午後から出社している。仕事は不定であって忙しい時は忙しいが、そう毎日毎日何か廻って来ると云うわけでもない。しかし私に取っては五六年前に学校の教師をやめて以来のお勤めであって、洋服を著ると云うだけでも多少更まった気持がしない事はない。それに本職の鬻文《いくぶん》を廃業したのではないから、その方の用事に追われるのは従前の通りであって、結局この頃私が少し多忙になったのは事実である。そう云う事が百日許り続いて土用に這入った。永年学校の先生をして来たが、陸軍や海軍の学校にも暑中休暇はあったけれど、郵船会社には夏休みと云うものがない。そうなると洋服と云う著物は暑苦しい物だと云う事をつくづく感ずる。そこへ或る日に会社から話があって、桑港《サンフランシスコ》航路の鎌倉丸が横浜から神戸まで行き、一日碇泊した上また横浜へ帰って来るが、それに乗って周遊しては如何かとの事であったから早速宜敷お願い申した。夏の船は涼しいに違いない。私は大分忙しい思いをして来たから一息抜いて来よう。それには船の上でなんにもしたくない。出掛ける日取りは丁度新刊の雑誌が来る頃であるけれども、そう云う物を持って行く事もよそう。出来れば人と話もしたくない。四日の間明け暮れ波ばかり眺めて来ようと考えた。

二

鎌倉丸の総噸《トン》数は一万七千五百噸であって、私はまだそう云う大きな船を見た事がない。考えて見ると何千噸と云う程度の船も余り知らない。青森と函館の間の青函連絡船に乗った事があるが、それが私の知っている一番大きな船であって、三千噸だとか云う事であった。その外には瀬戸内海を児島半島の田ノ口港から高松に渡った事があるきりで、その時の船は小さかったと思うだけで噸数の見当なんかつかないけれど、きっと百噸もなかったのであろうと思う。今度不思議な縁故で一万何千噸と云う船に乗る事になったが、鎌倉丸は、日本の一番大きな船の一つだそうである。そう云う船に乗って、行く先は神戸なのであるから甚だ物物しい。横浜から神戸までの海路四百何十海里は、大体東京から大阪までの航空路四百二十幾粁と数字は似ている。ただ粁を海里になおした遠廻りとなるのであるが、本州の島の姿は生きのいい海老の様に跳ねてしわっているから、その突き出したおなかの方を廻って行けば遠くもなるであろう。遠州灘とか熊野灘とか話に聞いた荒海を通るのかと思うと少し心細くもある。船が大きいと云うのは気休めにならない様であって、飛行機でも大きなのが揺れる方が気持が悪い。一番楽しみは神戸に碇泊している一昼夜である。その間は船の動揺する心配もなし、食事は郵船会社のどの航路案内を見ても必ず自讃する事を忘れていない世界的御馳走の筈である。暑い時ではあり、船から上がったり下りたりしていると疲れるから横浜で乗り込んだら四日の後に又横浜へ帰って来る迄、一歩も船の外へ出ない事にしようと決心した。

私は日本郵船に来る事になった当初にも、同じ様な事を考えたのであって、その内に亜米利加通いの船に乗せて貰い、桑港に著いたら甲板から向うの景色を眺めて帰って来ようと思った。亜米利加には何の用事もないし、知った者もいる筈だが私から会いに行くにも当たらない。知らない土地を歩いて珍らしい所を見物するなどと云う興味は持ち合わせていないので、ただ船の中から大体のところを眺めて来ればよろしい。そうすれば国外に渡航する種種の手続もいらないであろうから、簡単である。日本郵船に来る様になってから内部の人にその話をすると、それは駄目ですと云った。船が著けば向うの役人が調べに来る。どう云う目的で来たかと聞かれて、どう云う目的もない、ただ船の上から向うを眺めただけで帰ると云っても承知しませんよ。変な事を云うと疑われて、渡航免状を持っていなければ密航者扱いにされてしまうでしょうと云う話なので、亜米利加行きはなおもっと研究した上でなければむずかしそうだが、横浜から神戸へ行って、船から上がらなかったと云うには、どこからも文句は出ないに違いない。色色そういう事を思いめぐらして出帆の日を待った。

三

当日は朝から頻りに通り雨が降り灑いだが、しかし非常に暑い。先年学生の当時軽飛行機を操縦して羅馬へ行って来た栗村盛孝が波止場までついて来てくれた。自動車を降りて見ると目の前に鎌倉丸が横附けになっていたが、あんまり大きいので馬鹿馬鹿しい気持がした。私はさっき大きな船に乗った事がないと云ったけれど、後から思い出して見ると、観艦式の供奉艦に陪乗した事がある。しかし軍艦はこんなに大きくはなかった。夢の中で段段物がふくれて止まりがつかなくなった挙げ句の様な気がする。家なぞはいくら大きくても動かないから気にならないが、船は今に動き出してどこかへ行くから物騒である。日本郵船で今建造している出雲丸と橿原丸と云う姉妹船はどちらも二万八千噸だそうであって、この鎌倉丸より一万噸以上大きい。それは出来上がったらどんな図体になるのか私には一寸見当がつかないが、段段船が大きくなって仕舞には一艘で港一ぱいになる様な事がないとも限らない。そう云う想像と物のふくれる悪夢との境目は曖昧である。

岸壁から懸けた梯子の階段を伝って鎌倉丸に乗り込み、自分の船室にステッキや手携鞄を入れておいて、栗村と船の中を歩いて見た。色色の公室を通り抜けたが中で見たところは何処かのホテルに来ていると思えば格別変わった気持もしない。ただ自分が動くとその度に床がいくらか揺れる様な気がして仕方がない。そんな筈はないと思っても、歩くと踏み立てた足の方に大きな船が少し傾く様に思われる。社交室の窓際の椅子に腰を下ろして一服しながら考えて見ると、こう云う気持がするのは、表向き自分では気が附かないが、腹の底で余っ程こわいのだろうと思われた。まだ動き出さない内から少少船に酔ったのではないかと案じられた。向き合って腰を掛けている栗村は、羅馬まで飛行機で行って、帰りは船で帰って来たのであるが、印度洋なんかは、どんな工合であったか更めて聞いて見たくなった。平生えらそうな顔をして威圧しているので、この場合急に心細そうな顔も出来ず、又向うでも私が内心こんなにびくびくしているとは思わないに違いないから、今の私の気持が納得する様な事を聞き出すわけにも行かない。帰りの船はどうだったか、揺れたかと云う位の事を尋ねた丈でその話は止めた。

郵船会社の社章は船の煙突に描いてある様な真紅の線を二本引いた小さな七宝の旗であって、それを洋服の襟につけると私などの様な年輩の者には随分はでである。船の出入りする港などでは遠くからでも判然見分けられると云う事であったが、東京にいる時は余り目立ち過ぎると思う事もある。しかし以前私が教師をしていた当時、学生航空の会長になって、会員の学生や役員に会章のバッジを襟につける事を八釜しく云った覚えがあるので、今度自分がそう云う規定のある所の粟を食む事になった以上は、文句なく佩用すべきものと自分で心得ている。その時も日本郵船のバッジを襟につけて社交室の椅子に腰を掛けていたが、踏ん張ると足許がふらふらする計りでなく、じっとそうやって落ちついていても、何となく不安なのは襟のバッジの所為であるらしい。そもそも私が鎌倉丸に乗ったのは、お客様としてなのであるか、新米の従業員が見学に来たのか、そのけじめが判然しない。人がどう思うと云う事は構わないけれど、自分の気持が片づいていないのは不便である。それには会社の者であると云う顔をして見たところで誰も相手にするものではなし、うろうろすれば邪魔になるばかりであろう。寧ろ大威張りの一等船客として係りの者を使った方がお互に迷惑が少くていい。そうすると襟につけたバッジが気に掛かる。船の係員に対して気に掛かるのではなく、正真正銘のお客様が私の方を見て、襟のバッジを目じるしにしやしないか。まだ動き出さない内から大いに緊張している私に対して、沖に出て船がゆらゆらし出した時分に、何か相談を持ち掛けられたり、用事を云いつかったりしては大変だと思った。栗村に向かって、船の中ではこれはよした方がよさそうだねと云うと、よした方がいいですと云うので、早速外して、外観上立派なお客様になりすました。

四

出帆は正午であるが、栗村はその三十分ばかり前に帰らした。一人になってからそこいらを歩き廻ったがどうも気持が落ちつかない。後から後から乗り込んで来る人の中に、どこかで見た事のある顔が沢山まじっている様な気がして気にかかる。挨拶をする程でもない半知りの顔を、ちらと見たり目をそらしたりするのは余りいい気持ではない。銅鑼が鳴り響いて船に這入っている見送りの人達が下船し、舷門に掛けてあった梯子を取り外した。もう出るのだなと思っていると、通り雨がざあっと降って来た。同じ岸壁の向う側についている真白い外国船の煙突には日が照っている。不意に甲板の一隅から強い音の管絃楽が響いて来た。大きな船が港を離れる時は大変な騒ぎだなと思ったが、人ごとの様に考えている腹の底が何となく引き緊まる様にも思われた。岸壁に列んでいる見送りの人達が手巾を振ったり手を拍ったりしてざわめき出した。前後の直径が三十六呎あると云う箆棒《べらぼう》な煙突のどこかが鳴り出して、獣の唸る様な声を立てた。時計を見ると正午である。いよいよ抜錨だなと思って、更めて物物しい気持になった。

暫らく甲板に起って気を張っていたが、いつ迄待っても船は動き出した様子はない。その証拠には下を見ると、もとの通り波止場にぴったり喰っついている。大きな船が動き出す初めには波止場も一緒に動くのかと思ったがそんな馬鹿な事はない。同じ波止場の向う側には白い外国船がもとのままじっとしている。波止場の縁を忙しそうに馳けている男があるかと思うと、鎌倉丸を繋いだ太い綱の上に腰を掛けて一服吸っている連中もある。だれが船を動かそうとしているのか、まだそんなつもりではないのか、どこがどうなれば動き出すのか丸で見当がつかない。管絃楽や汽笛でそのつもりになった気持の持って行き所がない様である。じりじりするけれども、私一人の気合でこの船を動かすわけには行かない。汽車だったらさっさと出てしまうのに、じれったいなと思って少し腹が立って来た。甲板の手すりを離れてそこいらを歩き廻ったり、自分の部屋に帰って見たり、又甲板に出て見たり、同じ事を何度も繰り返したが船は山の如く居据わっている。動くつもりなのかどうかそれすら私には解らない。岸壁に起ち列んでいる見送りの人人は雨に降られたり、その雲が通り過ぎると、かんかんに照りつけられたりしている。

いい加減愛想をつかして、今に動くなり、この儘いつ迄もじっとしているなり、勝手にしたらよかろう、船の料簡なんか私などには解りっこないと思った。それで先程の張りつめた気持を、持って行き場所もないのにいい加減に胡魔化して、一切構わぬつもりになっていたら、一時間ぐらい過ぎた頃にどうやら船は動き出した様である。

五

動き出したところを見なかったのと、船の中が広すぎるのとで、私は甲板から自分の部屋へ降りたり、階段を昇ったり、エレヴェーターに乗ったりする度に、船はどっちに走っているのか解らなくなった。つまり鎌倉丸の舳先と艫との位置が、私の頭の中でぐるぐる入れ代わるのであって、その錯覚は四日後にまた横浜へ帰って来る迄到頭なおらなかった。船が、横浜の港外に出る頃、又甲板に起って見ていたが、鎌倉丸はモーター船なので、出た後に煙が残ると云う様な風情はない。差し渡し四丈もある煙突は何の為についているのか私には解らないが、若し普通の蒸汽船であって、その煙突一ぱいに黒煙がむくむくと出て来たら面白いだろうと想像した。間もなく昼食の知らせがあったので、食堂に降りて行った。

私は年来の習慣で昼に御馳走を食う事は好かないのであるが、蕎麦のもりを持って来いとか、塩鮭でお茶漬が食いたいとか云っても通らないにきまっているから、みんなと一緒に食卓についた。又考えて見ると今は船が港を出たばかりであるから辺りは穏やかであるけれども、朝から頻りに通り雨が降って、断れ雲が飛んでいる空模様から考えると、外海に出たら大分揺れるに違いない。晩餐の時刻は太平洋に出ている事になるから、初めて食べる船の御馳走を今の内に味わっておくのも妙であろうと思ったので、麦酒を飲み人並みの御馳走を食う事にした。

献立表を手に取って見ると、全く大変な御馳走であって、船の食堂は食い放題と云う事は聞いているが、こんなに食べられるものではない。その上私などの様にいつもお金で困り抜いている者は、献立に載っている凡そ三十種の御馳走がどれを食べてもお金に無関係であると云う点に張合い抜けがして、食べた丈後で困らないなら食べたって仕様がないと云う気もする。

給仕人に宜敷見つくろって貰って、昼の麦酒をうまく飲んだ。これも永年の習慣で昼間は酒の類を飲まぬ事にしているから、少少勝手が違う様だが、晩の食卓はどうなる事かわからないと云う心配もあるし、今の内少し酒に酔っておけば、後で船に酔わないだろうと云う事も考える。何よりも麦酒は御馳走と違って、ただではないから咽喉元を過ぎる味わいが判然とわかる。大分いい気持になって甲板に出て見ると、通り雨の雲はすっかり空の一隅にかたまって、真上から暑い日が波の上に照りつけている。船は水に浮いているから涼しいだろうと思ったのは私がいい加減な事を考えたのであって、夏暑いと云うのは身体のまわりの空気が暑いと云う事なのであるから、船の中でも暑い所を通っていれば矢っ張り暑い。風はぴゅうぴゅう吹いて来るが、余り長く風に当たっていると、風で擦れた肌がひりひりする様な気がする。風の摩擦だろうと思ったが、後で気がついて見るとそれは皮膚に潮焼けがしていたのであった。

大島を過ぎて伊豆諸島が水平線に近い空の痣の様に見え出した頃から、どうも船が揺れ出したらしい。この位は当り前だろうと思って見ても、甲板から見る遥か向うの舳先がずうっと上がって行くのがよく解る。おやおやと思っている内に又ずうっと下がって来る。一所にいると妙な気持がするので、無暗《むやみ》にそこいらを歩き廻った。

六

夕方近くなってから、波が随分大きくなった様である。舳先がその大浪を切り分けて進んで行くのを見つめていると、気が遠くなる様に思われる。鎌倉丸の巡航速度は十七節《ノット》か十八節であるそうだから、近くに陸地でもあったら相当速いと思われるに違いないが、泡立てた波を残して行くばかりだから速さの感じは余りはっきりしない。船がせぎり立てた大きな波頭を迎える様に、向うの方から近づいて来る波の列が幾つも重なって、船の波とぶつかった所に繁吹《しぶき》を上げている。じっと見ていると時時その白い波頭が千切れて水面を横に飛んで行く様である。白い海鳥なのか知らと思っていると、その儘水の中に這入ってしまって出て来ない。それでは飛び魚なのだろうと思うと、矢っ張り鳥だったり、あんまり見ていると、鳥だと思ったのが波頭の散った繁吹であったりして、いつまで見ていてもよく解らない。波の色は紺碧どころではなく、全くの紺である。それが舳先に切られて、その内側は麦酒壜の破片の割れ口の様な肌をしている。

まだ暮れきらない内に晩餐が始まった。昼にお行儀のわるい事をしたので、余りたべたくはない。ソップの後は冷肉だけにして又麦酒を飲んだ。杯をあげて口に持って行こうとして、ふと向うの丸窓を見ると、急流の様な波が筋になって窓一ぱいに映っている。随分速いのだなと思って、杯の麦酒に口をつけかけると、何だか急に窓の色が変わった様に思われたので、又目を上げて見たら、今度は窓一ぱいの夕空であって、遠い星も見える様な気がした。おやおやと思っている内に下の方から海がせり上げて来て、又窓一ぱいの波になってしまった。こんな事に気を取られてはいけないと気がついたので、急いで杯を飲み乾し、後を幾杯も続け様に飲んだ。

七

食後に社交室で天然色のトーキー映画があると云うので上がって見たが、人いきれで暑苦しいから甲板に出た。右舷の空に五日か六日の新月が懸かって、その真下から船の横腹まで銀色に光る浪の筋が走っている。今船はどの辺りを走っているのか知らないけれど、大きく揺れてどさりどさりと波を敲いて行く音が昼間より余っ程ひどくなった様である。余り風が吹くので又映画を見に這入った。筋も解らず、もともと見たいとも思わなかったが、馬が馳けたり、焔がゆれたり、人が行ったり来たりする光景を見ていると、つい船の揺れるのを忘れてしまう。

又暑くなったので外に出て、自分の部屋に帰って見た。その途中廊下を歩くのに、真直ぐに行かれない。時時一寸壁にもたれて身体の釣り合を直さなければならない。余程揺れているのだと思ったが、先ず先ずこの位ですむものなら船に乗ったらしくていいと思い直した。

寝る前にもう一度甲板へ出て見ると、月はどちらかに隠れて、暗い向うの方に燈りのぴかぴかと明滅するのが二三ヶ所に見えた。船から見えるのだからどこかの岬の燈台だろうと思ったが、少し高いのがあるから航空標燈かとも思った。しかし又高い低いは遠い近いでそんなに見えるのではないかとも考えたがよく解らない。船室に帰って寝床に這入った後まで、暗い空を横に切ったり、斜に走ったりする鋭い光の条が目の底に残っている様な気がした。

（『中央公論』一九三九年九月号）

入船の記　鎌倉丸周遊ノ二

昨日一日、自分の乗っている大きな船を、自分の気合いで岸壁から離れさせる様なつもりになったり、外海に出てから揺れ出すと、自分の足を踏ん張って船の姿勢をもとに戻す様な事を考えたりした為に、すっかり気疲れがして、昨夜は鎌倉丸の船室に熟睡した。寝る前は廊下が真直ぐに歩けない位揺れていたのだが、夜通し遠州灘や熊野灘でどんな大きな浪の上を船が渡ったのか丸で知らない。目が覚めたのは六時過ぎである。部屋の外に出て見ると、夏の朝のすがすがしい海風が廊下や公室を吹き抜けている。船は紀淡海峡から大阪湾に這入りかけたところである。朝凪の波が穏やかな上に、昨日一日の船旅で大分勝手が解った様な気がするので、そこいらを歩き廻るにも余り気を遣わなくなった。

起きると間もなく部屋の給仕が水菓子と紅茶をおめざに持って来てくれたので、それを食べたから、もう朝の御飯はいらない。いつも家では何かその程度の物ですまして、ろくろく朝食と云う事はしないので、今日もそれでいいだろうと考えながら、甲板を歩いていると、食堂の用意の出来た知らせのオルゴルの音が遠くの方から聞こえて来て、階段を上がり、次第にこちらへ近づいた。まわりにいた人人が三人五人とかたまって、階段を下りたり、エレヴェーターに乗ったりしている。その内にあたりに人影がなくなって、私一人だけ甲板の手すりに靠れているのに気がついたら、妙な気持がして、ふらふらとエレヴェーターに乗り込み、人の後から矢っ張り食堂に這入ってしまった。

食卓に著いたがそんなに食べたい事はない。しかし食べようと思えば何でも食べられそうである。朝の献立でも大変な御馳走であって、その中から自分の食いたい物を選び出すのは厄介な仕事である。横文字のメニューは解りにくくて私などには苦手であるが、幸い日本語の献立も添えてあるから、手に取って眺めていればうまそうな物の見当はつく。帰ってから後に聞いた話であるが、この頃は独逸語系の猶太人が沢山東洋に流れ込んで来て、郵船の船だけでも既に何千人とか運んだそうである。ところが船の食堂のメニューは大抵仏蘭西語か英語であって独逸語のメニューは出さないそうだから、そう云うお客様には食堂に這入っても御馳走の見当がつかない。それで何でも彼でも手当り次第に誂えてしまう。ソップを二色も三色も持って来させたりするが、いくら取っても船の食事はお金に無関係である。猶太人だからその点を考えるのか、どうだか知らないけれど、そう無暗《むやみ》に取り寄せても食べられるものではないから残してしまう。船の方で閉口して二三日後からは独逸語のメニューを添える事にしたら、猶太人の食卓が常道に復したと云う事である。

十何年昔に京都ホテルに泊まった翌朝、ボイが食堂に案内したからついて行ったけれど、勝手が解らぬので、何でもきまった物でよろしいと云ったら、朝っぱらから大変な御馳走が続け様に出て来て、仕舞には咽喉を通らなくなったが、残すのは業腹だったので到頭みんな食ってしまった。その為に後で気分が悪くなった事がある。船の食事もその内一度前前から覚悟をきめた上で、身命を賭して食い散らして見たら、だれか感心する者もあるだろうと思ったが、今日はその時機でない。献立表は横へ片づけて、トーストと番茶だけにした。給仕人が気を利かして、玉子の料理でも添えて来ようかと云ってくれたけれど意地になってことわった。玉子の料理と一口に云っても、今、宙では一一思い出せないが何でも七種か八種あった様だから、談何ぞ容易ならむやの感がある。

自分は番茶を啜り、麺麭を噛って何気なくその辺りを見ると、貴顕紳士は皆朝から何か御馳走を食っている。お行儀の悪い人達だと思ったり、しかし自分も更めて何か取り寄せようかと考えたり、色色気持が片づかない。その内に番茶をがぶがぶ飲んだらおなかが一ぱいになって来た。

食堂から甲板に出て見ると、淡路島の傍を通り過ぎて、神戸港が目近かに迫っている。速力を落としたと見えて、舳先の波を切る音が静かになった。追風に吹かれて小波の上を辷る様に港外に近づいたが、突堤と突堤との間の港の入り口の手前で止まってしまって、船が何か考えている様子であった。暫らくすると何処かでざあざあ音がする様だから甲板から覗いて見ると、船尾の水面に泡が立って、その泡が筋に流れた内側の水は拭いて光沢を出した様に滑らかになっている。船が少し向きを変えようとしている事は解ったけれど、舳先を突堤の切れ目へ向けるのでもないらしい。その内に大きな煙突のどこかが鳴って又獣の哮える様な声を立てた。それっきり船は港外にとまって、ちっとも動かない様である。何をしているのであるかと云う事は、昨日の出帆の時と同じく決して私などには解らない。早く入港して貰わなければ困る用事があるわけではなし、如何《いか》様《よう》とも船の気の向いた通りにしたらよかろうと思って、余り気を張らない事にした。

気がついて見ると、鎌倉丸が通った後の少し淡路島に寄った沖合に真白な船が浮いている。いつから見えていたのか私は少しも知らなかった。淡路島の遠い翠を背にした白船のあざやかな姿は目も外らせない様な美しさである。随分船脚が速いと見えて、じきにこちらへ近づいて来た。どうも昨日横浜を出る時、同じ岸壁の向う側にいた外国船の様である。エムプレスオヴカナダであったと思う。そうすると私共の鎌倉丸が出港した後から出て来て、昨夜夜通し真白い船が後から追っかけていたのかと云う事を考えた。

白船は段段近づいて来て、和田岬の沖にとまったらしい。見ていると向うの煙突から白い蒸気の様なものが上がった。音は聞こえなかったけれど、汽笛で合図をしたのであろう。或はさっき鎌倉丸が唸ったのに対する返事かも知れない。随分間がたっているが、何しろ船は気が長いから、その位の事はありそうにも思われる。

その内に白船が向うで又向きを変え出した。必要があってやっている事には違いないが、こちらの気持で眺めていると、鎌倉丸と云い、エムプレスオヴカナダと云い、港の外まで来て、中中這入りもせず、あっちを向いたりこっちを向いたりして、しなを造っている様である。

もう一度船のどこかで物音がしたと思ったら、鎌倉丸が少しずつ動き出した。突堤と突堤の切れ目から静かに港の中へ這入って行った。さっき港外にとまってから一時間位も過ぎているだろうと思われた。じきに岸壁の間近か迄来てとまった。岸壁の方から浪の上にうつ伏せになった様な形の曳船が二つも三つもやって来て、鎌倉丸から出した太い綱を引っ張った。途端に甲板から又音の強い管絃楽が始まって、船内が何となく物物しい気配になった。私はどうせこの儘船の中にいるつもりだから、何の用事もないが、神戸で降りる人達は手廻りの荷物をそろえたり、部屋の中を片づけたりしているらしい。曳船の中の一艘が鎌倉丸の綱を岸壁にいる男に渡した。もういよいよ著くのだと思われた。岸壁と鎌倉丸との間をつないだ綱がぴんと張られたり、又ゆるんで浪の上に落ちて繁吹を上げたりしている。

矢っ張りこちらもその積りになって、いつの間にか気を張っていたが、曳船は何だか変な短かい汽笛を鳴らして、鎌倉丸の傍を離れてしまった。何をしているのだろうと思って反対側の甲板に廻ると、下からもくもくと黒煙が上がっているので、覗いて見たら、さっきの曳船より二三倍も大きな曳船が、曳船ではなく押し船になって、鎌倉丸の横腹に自分の舳先を喰っつけ、どんどん煙を吐き出して、船尾からは大変な浪を立てながら一生懸命に突いているところであった。そう云えばどの曳船の舳先にも太い麻綱の様なものが幾重にも巻きつけてあって、いつでも押す方の役目も出来る様になっている。昔九段坂の下にいて、坂を登る荷車や人力車を押したり突いたりした立ん坊と、港にいる曳船と同じ様な役目だなと思った。

暫らくすると煙を出していた押し船も変な音色の汽笛を鳴らして、又鎌倉丸の傍から離れた。向うで愛想をつかしたのか、鎌倉丸の方でもういいと云ったのか、そんな事は私には解らない。港の中まで這入っていて一体どうするんだろうと思っていると、曳船がすっかり離れた後から、鎌倉丸がするすると動き出した。少少気に食わぬ点があっても、その勢で断然岸壁に著けてしまえばよかろう。力が余ったら神戸の町を散らかして、本州が若狭の国を日本海にはみ出す迄の事だと考えていると、鎌倉丸は段段に速力を増し、おやおやと思う内に、今までねらっていた岸壁を横目に見て、さっき這入って来た突堤の口とは別の切れ目から港外へ出てしまった。

どうするつもりなのか全く解らない。この儘ずっと横浜へ帰ってしまっても私に異存はないが、船の料簡と云うものが判然しない。鎌倉丸は颯爽とした姿で沖に出て、段段にささくれ立って来た波を蹴っている。その内に少し舳先を右に廻わして来たので、又ずっと一廻りして、もう一度もとの入り口から這入りなおすのだろうと云う見当がついた。私の亡父は癇性で、一たん憚りに這入っても、その時の気合が合わぬと、又草履を脱いで外に出なおし、もう一度更めて憚りに這入る様な事をよくやったが、船にも癇があるのかも知れない。鎌倉丸が港外の沖を堂堂と廻っている内に、後から来た白船のエムプレスオヴカナダは入港してしまった。

今朝紀淡海峡を這入って来る時から吹いていた追風が次第に強くなって、防波堤の所所から浪が越している位だから、鎌倉丸の様な団体の大きな船は狭い港の中で横風になると小廻りがしないのであろう。風の向きから云って、著け易い岸壁には外の船がいるので、這入れなかったらしいが、そうやって沖を廻っている内に、その船が出て行ったので、今度はわけなく著く事と思われる。船の進退に関し以上の程度の事は私にも解った様な気がするが、甲板の手すりに靠れて考えた独り合点であるから、それも又違うかも知れない。鎌倉丸は舳先をさっき最初に通った突堤の切れ目へ向けて進み出した。しかしどんなにうまく行っても、どうせ独りで横著けにはなれやしないから、岸壁のまわりでは、又例の曳船や押し船が手具脛《てぐすね》引いて待っているだろう。飛行場に行っていた当時、大きな飛行機が著陸すると、地上勤務の人人が馳けつけて、大勢で押して格納する。蛾のまわりに蟻がたかっている様で、空を飛んでいる時は立派だが、地上に降りたらだらしがないと思ったが、大きな船も海の真中を渡っている時は堂堂としているけれど、陸地に触れようとすると随分へまな物だと考えた。
今度は万事鎌倉丸の思う通りに行ったと見えて、曳船騒ぎも大した事はなく、気がついて見たらもう岸壁から舷門に梯子を掛けるところであった。明日の午後三時横浜に向かって抜錨する迄、私は碇泊中の船内で暮らすつもりである。

（『改造』一九三九年九月号）

三ノ宮の乞食　鎌倉丸周遊ノ三

七月下旬鎌倉丸の横浜神戸周遊に試乗する事が出来たが、経験がないのでそれだけの船旅にも色色と気を遣った。神戸に用事があって出掛けるわけではなし、知人もいるが暑さの砌《みぎ》り会うのはお互に迷惑だから成る可く知られない様にした。ただ旧友の教授と親戚の歯科医にだけ予め打合わせて、入港の日と出港の日と別別に船まで来て貰う事にした。私は船にいてこの二人を待つ外に用事はない。神戸の暑い事も知っているし、船から出たり這入ったりすれば疲れるばかりである。それで初めに乗り込んだ時から、又横浜へ帰って来るまでは上陸しないつもりにしていた。

ところが船の中で、航海中に煙草がなくなったので、酒場へ買いに行ったが、両切しか置いてないと云うので、朝日を吸い馴れている私は非常に困った。幸い同船した本社の人にその話をしたら、早速敷島を一個恵与されたので、先ず先ず助かったけれど、もうその敷島もなくなりかけている。鎌倉丸が神戸の岸壁についたのは午過ぎであって、非常に暑かったが、私は上陸しない筈の神戸へ煙草を買いに上がって行かなければならなかった。

岸壁に煙草屋があると云う風に聞いたので、帽子もかぶらずに出かけたところが、上屋《うわや》の端まで行っても煙草を売っている様な所はない。丁度その外れに自動車や人力車が客待ちをしているので、車夫に煙草屋はどこにあるかと聞いたら、あそこをああ行った所にあると云って教えたが、そこ迄行くにはかんかん照りつけているアスファルトの広場を渡らなければならない。もう一度船までカンカン帽をかぶりに帰るのも面倒だから、俥屋にその煙草屋まで行ってくれと云うと、いきなり心得て馳け出したが、私は一厘刈の坊主頭に日が当たるのがいやだから俥に乗ったのに、俥屋は日覆を懸けないで挽き出した。昔はよく人力車に乗ったので、そう云う時に自分で幌を下ろす位何でもなかったけれど、この頃はその勝手を忘れてうまく行かないから、一度俥を止めて幌を懸けて貰った。

ところが乗りつけた煙草屋に朝日も敷島もなかった。俥屋が俥をそこに置いて、近い所を一二軒聞いて見たけれど、何処にもないと云う事であった。大分前に東京でも朝日や敷島がなくて困った事があったが、この頃はその飢饉が神戸辺りへ移っているらしい。私はまだこれから碇泊中の船中で一昼夜暮らして、それから又横浜まで帰るのに一日かかる。その間煙草なしではすまされないので、俥屋に、どこ迄でも、ある所まで行ってくれと云って又俥に乗りなおした。昔から私のする事を何でも悪く云いたがる友達の一群があるが、その連中が私が人力車に乗って煙草を買いに行ったなぞと聞いたら、云わない事ではないと思うであろうと云う事を私の方で先に考えた。

結局三ノ宮の高架線が目近かに見える所まで行ってやっと朝日を三つ見つけた。その店でも初めはないと云ったのだが、硝子箱が二つ重ねてあって、丁度上の箱の板底の陰になった所に朝日が三つ見えない様になっていたのを私が目つけた様な始末である。

その煙草屋の店先から往来を隔てた向う側に見える横町の奥に、又煙草屋の看板が見えたので、俥屋がついでにそこへも見に行ってくれた。それを待っている間、私は煙草屋の前の道端に起っていたが、少し右に向くとその前は広い四辻であって、日盛りの所為か、人通りは余りない。そこへどっちから出て来たのか気がつかなかったが、この暑いのにいろんなぼろぼろした物を一ぱいに身に著けた乞食の夫婦が起ち止まっている。背の高い亭主はそこに突っ起っているのだが、おかみさんが亭主の膝の廻りを一廻りして、その前にしゃがみ、亭主の腰の辺りから垂れている著物の裂けた細いきれを手で引っ張って、その端を自分の眼にあてた。おいおい泣いている声がこちらまで聞こえる様な気がした。おかみさんは背丈が亭主の半分もない様な小女で、頭の髪は滅茶滅茶にちぢれている上に、男だか女だか解らない変な顔をしている。それが日盛りの往来の真中にしゃがみ込んで、亭主の裾に取り縋っているのだが、どこか痛いのか、おなかがへったのか、仲間と喧嘩をしたのか、それとも子供を死なせでもしたのだろうかとこちらで気になった。また亭主の廻りを一廻りして、同じ様な襤褸切れを引っ張り引っ張り泣き続けた。

その間じゅう亭主は前歯の抜けた口を少し開いたまま、笑いかけた様な顔でじっと突っ起っている。いたわるのでもなく、うるさがる様子もなく、ただ黙っておかみさんのする事を眺めている。笑いかけた儘でとめている笑顔が、乞食の顔に浮かぶ表情とは思われない程立派である。私はそのきたならしいおかみさんにも同情しない事はないが、亭主の様子に崇拝心を起こしかけたところへ車夫が帰って来て、横町の煙草屋から敷島を買って来てくれた。それで俥に乗って船に帰ったから、その後で乞食夫婦がどうしたかは知らない。

（『海運報国』一九三九年八月号）

風穴　鎌倉丸周遊ノ四

　昨日初めて鎌倉丸に乗り込んだ時、廊下や公室の天井の所所に子供の頭ぐらいの大きさで、ぼらの臍の様な形をした物があるから、何だろうと思ってあおむくと、その真中の穴から涼しい風が筋になって吹き降りた。私の船室にもその出臍の様な風穴が二つある。洋服簞笥を開けて見ると、木の棒の先に羅紗玉の様な物をつけたのが隅っこに起てである。何だろうと思って取り出して見たが、どうも天井の出臍の穴と関係がありそうなので、棒の先の玉を穴に入れて見ると、うまく嵌まった。そうしておいて手もとを動かすと、穴の向きがこちらの思う通りになるので甚だ調法である。昨晩は寝る時には二つの穴を私の気に入った向きに向けておいて、夜通し涼しい風に吹かれながら熟睡する事が出来た。

　その穴が今日神戸に船がとまってから後少し工合が悪いらしい。三ノ宮の通で煙草を買って帰って暫らくすると大阪から約束の歯科医が来た。画廊や社交室で久久の話をし又甲板を一緒に歩いたりしたが、時時何か用事があって自分の部屋に帰って見ると矢っ張り風穴の風は止まっている。内側の船室なのでその風が出て来ないとなると暑くて到底じっとしていられない。若しこんなふうで夜まで風が止まった儘であったら、眠る事も出来ないだろうと心配になって来たから案内所へ修理して貰う様に頼んで置いた。

大阪の客と船の食堂で一緒に食事をして、食後はまた甲板の新月を賞したりしたが、その間にも風穴の事が気になって仕様がない。一度なおったと云われて、よろこんで部屋に帰って見ると、もとの儘でちっとも風は出ていなかった。大阪の客が帰る時、私の部屋に置いた帽子などを取りに降りて行ったので私も一緒に部屋に帰ったが、丸で麹《こうじ》室《むろ》の様にむしむしして一寸もじっとしていられない。客の帰った後急いで又風のある甲板に出て、部屋の給仕を呼んで貰った。

昼間からいろいろ頼んでいるのだが、まだうまく直らない様だから、君から機械の係りの人にそう云ってくれないかと私が頼んだ。畏りましたと引受けてくれたが、若しあの儘だと今晩寝られないから、必ずなおる様に心配してくれと重ねて云ったら、自分のする事でないから、必ずと云う事は請合えないと給仕が云った。若い者の事であるから、そう云う理窟が頭に浮かぶのは仕方がないが、そこで話が切れるとこちらは甚だ心細い。

結局私の部屋の風穴は故障の儘で十時半になった。もう駄目だと云う事が明らかになってから、だれかがあの風を夜通し当てて寝ると咽喉を悪くしますからなどと気休めを云ってくれたが、それはそうかも知れないけれど、兎に角暑くて寝られそうもない。それで急に船に寝る事をあきらめて、カンカン帽とステッキだけ持って、船外に出た。上屋の外れにたった一台客待ちしていた自動車があったので、それを傭って近くのオリエンタルホテルへ行った。

私が荷物を何も持っていないのと、暑苦しいのでむうむうしていたのとで、ホテルの帳場は私を金持と見違えたかも知れない。扉の中に廊下があって、控室があって、浴室のついている篦棒《べらぼう》に大きな部屋へ案内された。

兎に角出かけて来た以上はそれも仕方がないが、何しろ涼しくなるのが第一と思ったので窓をみんな開けさして、浴衣に著換えて一服していたら、大きな欠伸が続け様に出て来て止まりがつかなくなった。暫らく休んで寝台に上がったが、あっちこっちに身体の向きをなおしている内に、もう眠りかけた。ここは昼間の乞食のいた四辻からそう離れてはいないのではないかと、ぼんやり考えた。前歯の抜けた口もとで穏かに微笑している乞食の顔が、眠りかけた私をいたわってくれる様な、うつらうつらした気持になった。

（『海運報国』一九三九年八月号）

流民

沙市《シアトル》航路の日枝丸が神戸港を出て、立秋前夜の熊野灘にかかる時分から若い西洋人が二人肩を押し合う様にして甲板の手すりに靠れたり、きょときょとと人の顔を見返りながら歩き廻ったりした。

その晩はただ二人の姿を認めただけで、別に気にも止めなかったが、翌朝名古屋に著いてから新たに乗り込んだお客もあり、甲板の上が少しざわついている時、又その二人連れの西洋人が目についた。明かるい所で見ると、一人はのめっとした顔で唇が女の様に赤く、一人は顔の寸が詰まって、青黒く生えかかった鬚の上に何だか白い粉を一ぱいまぶしている。ひげ剃りの石鹼を塗った儘出て来た様で甚だ見苦しい。夕方近く迄碇泊していた間じゅう出て来たりいなくなったりしたが、一等船客ではなくて、どこか外からこちらの甲板に出て来るらしかった。

初めの内は外に相手もなく二人だけでぼそぼそ話し合っていたが甲板が少し賑やかになった間に、日本人の客の中にも話し相手を造った様である。船中で知り合った私共の仲間の一人も相手につかまったと見えて、後であの一人は波蘭《ポーランド》人であり、もう一人の顎に白い物をくっつけているのは維納《ウィン》生れだと云う話を私共に伝えた。

日枝丸は一日じゅう名古屋港に沖泊りして、立秋の波に浮いたなり動かなかった。波止場を往復するランチに乗って上陸する人人もあったけれど、若い西洋人は二人共ぼんやり手すりに靠れて向うを眺めていた。或は一寸市中を見物して来ると云う様な、そう云う勝手は出来ないのかも知れない。私が同行した大学の辰野博士と二人でデッキチェアにくつろいでいる前を通る時は、一一こちらを見て会釈する様な、しない様な顔をするし、そこいらを歩き廻っている時出くわすと、一寸道を避けて、その拍子に何か云い出しそうな様子をする。辰野博士の方は何でもない事に違いないが、私は学校の教師をやめて以来外国人とのつき合いもなく、その以前の私の語学だって自分ながら少しも信用していない。教室の中で学生を相手にする時だけ尤もらしく通用させた教師用の独逸語に過ぎない事を承知している。そんな物を引っ張り出して来て、妙な顔をした西洋人に構ってやる気もしないし、うっかりした愛想笑いでも返して向うから慇懃を通じられたら事面倒だと考えたので、成る丈ふりふりしていた。

夕方に抜錨して間もなく波の上が暗くなり、晩餐の食卓で麦酒を飲んだ。席を離れて甲板に上がり、向うの方で明滅する燈台の明かりを眺めている内に、自分の御機嫌で気がゆるんだのか、いい潮時を向うに捕えられたのか解らないが、いつの間にか二人の西洋人の相手になっていた。錆だらけの独逸語を話して自分で気が引けるとも思わなかった。二人は頻りに日枝丸を褒め、水明かりに輪郭が浮かび出ている対岸を指して日本の山の姿を褒め、水の色を褒めた。私が云い出し目で麦酒に招待する事になった。バアのテーブルでは辰野博士の本物の仏蘭西語とこっちの若い仲間の英語と私の独逸語とで取りとめもない話しが段段面白くなった。相手はどの国語にも答えて、上海に過ごした二年の苦労を談り、大概の病気なら上海で間に合うと云って、病気の名前を五つ六つも続け様に唱えたが、病名の語尾に韻を踏んでいる様な調子で云うのが面白かった。

　がやがや話し合っている間に私が煙草を吸おうと思って、ポケットに手をやるとすぐに自分の持っている両切を薦める、燐寸を擦ろうとすれば忽ち向うでしゅっと火を出す。間髪を容れずと云う気の遣い方で仕舞にはこちらの気持までいらいらした。

　二人共紐育《ニューヨーク》へ行くのだと云っていたけれど、行く先に希望を託していると云う風でもなかった。唇の赤い方は様子が憐れっぽく、顎のきたない方は無暗《むやみ》に遠慮をしている様で流亡の民と云う感じが争われない。いい加減で切り上げて立ち上がり、途中で脱いだ上衣を引っかけようとすると、二人が争う様に私の上衣を取り上げて、両方から著せてくれた。

　一晩寝て目がさめると日枝丸は清水港の朝凪ぎに錨を下ろしていた。部屋で朝の支度をしている間に昨夜の二人の事を思い出したが、今朝考えると余計なおせっかいをしたものだと云う苦苦しい気持しか残っていない。これから甲板へ出て行けばきっと二人が待ち受けていて何か云うであろう。面倒でもあり、第一、夜が明けて見ると独逸語など一言も思い出せない様である。

大分後になって結局甲板へ出る事は出たけれど、その二人には会釈だけして成る可く相手にならぬ様に心掛けた。一晩の内に随分不機嫌になったと思うかも知れないが、愛想よくしようにも今朝は独逸語が咽喉から出て来ないのである。そんな事も云われないから止むを得ず後はむっとした顔ですませた。

横浜へ著く前に、東京迄行って来るには幾らかかるかと云う事を頻りに尋ねたそうである。私共が岸壁に下りてタクシーのいる方へ歩いて行く片側の、舳先から引いて日枝丸を繋ぎとめた太い纜《ともづな》に寄りかかる様に二人が起っていた。どうするつもりか知らないが、そうしていても影が薄い。名前も聞かなかったから、その内に私も二人の事を忘れて仕舞うだろう。

(『海運報国』一九四〇年八月号)

岸壁の浪枕

冬の日の短かい時ではあったが、横浜を正午に出帆する船に東京の市中から馳けつけて間に合わぬと云う法はない。普通の人ならだれでもそう思うであろうし、私もそう思った。朝起きてからの日日の順序に手間がかかるにしろ、支度を急げば行かれる筈である。しかしその急ぐと云う事が一番いけないのであって、今までの長い間の経験によるに、急いだ後は必ず妙な事になる。それも家にいて、毎日の同じ事を繰り返している中の一朝だけであったら、まだ波及するところが少いが、これから幾日かの船旅に出ようと云うその最初の日の朝、ばたばたと支度を急ぐ事はよろしくない。急がない事にすると、寝床を離れてから玄関を出る迄に毎朝三時間半かかっている。それから横浜の埠頭へ著く迄に少くとも一時間半、或は二時間は見ておかなければならないだろう。正午前に右の五時間半のゆとりを取る為にはまだ薄暗い六時半に起床する事を要する。目がさめて起きるのなら六時半でも真暗の五時でもかまわないが、後の時刻に辻褄を合わせる為に起こされるのは困る。無理をして起きれば気分が悪い。それは私の我儘とは別問題である。

十年許り前、学生航空の飛行機に夢中になった当時の事を思い出した。毎週日曜欠かさず立川の飛行場へ通ったが、練習機を飛ばせるには朝早い程気流の工合がいいと云うので、夜半の二時三時に起きて、暗い内に家を出た。夏はらくであったけれど寒中でも怠ける様な事はなかった。当時は朝の支度も今より少しは捗った様である。その頃の元気はもうないのかと自問すれば、ないと答える事が出来る。十年たてば赤ん坊が小学校の生徒になり、齢の傾いた連中は大概片づいてしまう。私と雖も十年の間に歳をとり何事にも無理をして通すと云う進取の気象を失った。飛行場通いは後後までも私の身体にさわって、勢いにまかせるものではないと云う経験を残した。朝起きてからその日の活動が始まる。起きない前から予定があって、時間が限られていると云う法はない。

勝手を云ってすまないが、当日出帆までに上船する事は自分に取って甚だ困難であると思われる。前日の夕方から船に入り、船中に寝て翌日の出帆にそなえると云う事にお計らいを願い度いと郵船本社の旅客課へ申し入れた。

船では邪魔ッ気なおやじがまぎれ込んで来て、仕事前からうろうろされてはやり切れないと思うに違いないと私自身で考えた。

船客課の係からの返事によると、前日から船に乗り込む事は差し支ない。しかし、航海中の碇泊であったら万事普通の通りに運ぶのであるが、今回は鎌倉丸がドックから出て来たばかりの所であって、船中に残っているお客は一人もいない。ボイ達は未だ任務に就いていないし、食堂も本式には開いていないだろう。簡単な用意なら出来ない事もないが、晩餐と云う事になると色色手違いがあると思われる。そう云う事を御承知の上なら前日に入船せられても構わないと云うのであった。

人より一日前にもぐり込んで御馳走の独り喰いをしようと云う料簡ではないから、右の通り有り難く承った。暗くなってからでは岸壁の足もとがあぶない。明かるい内に上船するとすれば、どうしても晩飯の事を考えなければならぬが、初めは一たん船に落ちついた上で、又夕方に横浜の町に出て食事して来てもいいと考えたけれど、それも面倒である。行きがけに汽車弁当を買って行って船室で食べる、もともと好きな物ではあるし、それが一番簡単であるからそうきめた。

右の外に、年来の習慣で晩飯の際には麦酒が飲みたい。それも面倒なら家から下げて行ってもいい。そんな事を本社で話したところが、麦酒ぐらいならお間に合わせる。御自分の部屋で飲んでくれるなら、予め入れさせておくが、幾本用意しようかと云う事なので、これこれで結構である。しかし経験によるに、独りで飲んでいると初めの内の微醺が内攻して内訌を起こし、思いもよらぬ妄想が湧き立って、眼底に未見の山川が自ら相映発し、応接いとまあらずと云う様な気持になる事がある。或は手許のコップを眺めている内に自問自答が果てしなく続き出して、仕舞には何処で打ち切りにすると云う当てもなくなる。そうすると、つい飲み過ぎてしまう。動かない船の船室の中に独りで杯をあげると、そんな事にならないとも限らぬから、用心の為もう一二本まして用意させて下さいと頼んだ。

まだ何日も前の事であったから、その後も本社へ出ていたが、或る日船客課の広い部屋へ這入って行くと、向うの方から私の名を呼ぶ声がした。丁度いい所だ、今横浜の鎌倉丸から電話があって、麦酒の件は承知致してその様に計らっておくが、何麦酒がいいのか聞いておいてくれとの事であると云う話なので、恐縮して人中ではあり辺りを見廻す様な気持になった。

友人の吾孫子撿挍がそう云う大きな船を見に行きたいと云った。盲人に見えはしないけれど、船まで来れば気分を味わう事は出来るだろう。それで同道する事にしたが、外にも一緒に来ると云う若い連中があって、当日の午過ぎから私の家で落ち合った。私も午過ぎには支度を終わり、これから散髪をして来ると待ち合わせている諸君にことわって四谷塩町まで出かけたが、運わるく日曜日であった為に非常にこんで中中私の番が廻って来ない。みんなじりじりしている事だろうと思いながら、私も床屋でじりじりした。やっと私の番になって、すんでから表に出たら外はもう薄暗くなりかけている。急いで家に帰ってみんなと出掛けたが、横浜へ著く前に辺りが真暗になるから、暗がりの波止場にいる大きな船の中に這入って中は明かるいに違いないけれど、外からの景色なんかもう見えやしない。尤もそうなると吾孫子擽挍だけは平気である。撫でて見る段には変わりない。しかし象よりは何層倍も大きいから判然とはしないであろうと意地の悪い事を考えた。

横浜の停車場で汽車弁当を買って、暗い波止場に来た。船には燈りがともっているが、明かるみを中へ包み込んだ様な気配で、外から来る客を迎えると云う風に輝いていない。岸壁の地面に起って、方方の窓や甲板の所所から洩れる薄明かりの中にそそり立った鎌倉丸の舷を見上げると大きなお城の様でもあり、黒雲のかたまりの様にも思われる。上の方の甲板にある舷門は開いていないに違いないから、一番下の所から這入って行った。入口に起った番人が、目くらさんその他を引き連れた時ならぬ客に妙な顔をしている。

階段を上って段段上に行く間に同行の諸君は船内の立派な事を賛歎したが、私は鎌倉丸は初めてではないので、勝手を知った自分の家の様に先に立ったけれど、実は私にも少少見当のつき兼ねる所がある。廊下で会ったボイにそれとなく尋ねてやっと案内所のある甲板へ出られた。

一たん私の船室に落ちついてから、諸君は船内の見物に出かける事になった。私は大儀だから行かない。ボイを呼んで案内を頼んだ。出かける前にボイが私に向かって、もっと早く入らっしゃる様に伺っていましたが、と云った。云われて見ると私は本社で三時頃に入船すると云った覚えがある。それが三時間ばかり遅れている。自分の用意は出来ていたのだが、床屋がこんでいたと云っても仕様がないから有耶無耶にした。

吾孫子撿挍を中にして、みんなぞろぞろと廊下へ出た。豪華船鎌倉丸の老練なボイ君も、撿挍の案内には不馴れだろうと考えた。

独りでじっとしていると、辺りが森閑として大きな屋敷の中に坐っている様である。ただ舷側から吹き出している排水の海へ落ちる音がいつも聞こえているのだが、耳に馴れて、そのさらさらと云う音を聞いていながら静まり返って来る。一服して気をかえると、谷の迫った山の中にいて、谷川のせせらぎに聴き入っている様な気持もする。億劫な思いをして折角船に乗りながら、山の中に思いを馳せるなぞ余計な事だと気がついたから、またその音を海につなげて聞く事にした。

みんなが帰って来て、口口に立派だ立派だと褒めた。しかし実際は豪奢な社交室や喫煙室などの公室には鍵がかかっていて、廊下の窓の下から覗いて見ただけなのである。撿挍はつまらなかったろうと思っていると、私の部屋に帰って来てから、方方を撫で始めた。琴を弾くには大事な指であるが、船室に刺のささる様な物はないから安心である。一廻りすんで今度は天井のパンカ・ルーヴルの穴を問題にし出した。夏にはその穴から冷風が吹き降りる。又この棒で自分の思う通りに風の向きを変える事が出来ると云って私が棒を渡したら、傍の者が撿挍の持っている棒の先の羅紗玉を風穴に入れる手伝いをしたけれど、中中うまく行かない。撿挍はソファの上に上がって背伸びをし、片手を棒に伝わせて段段上へ持って行って、到頭風穴をさぐり当てた。その穴に棒の先の羅紗玉をあてて、成る程こうするのですか、しかし手でやる段になればこの棒はいりませんねと云った。そうして御自分の手で穴をあっちへ向けたりこっちへ向けたりした。

もともと外は暗いのであるが、しかし遅くなると人っ気のない波止場が物騒である。もうお帰りなさいと云ってみんなを追い立てた。

廊下の途中まで送って自分の船室に引き返し、さてこれから一献しようと思って上衣を脱いだ。サーモタンクのぬくもりで部屋の中は春の様である。

汽車弁当の蓋を開けて、おかずを一通り眺めながら、大きなコップを口に当てた。冷たい麦酒の咽喉を流れる工合が何とも云われない。

時時気がつくと、さらさらと海に落ちる水の音に交じって、舷にくだける微かな浪の音が聞こえる事もあった。

ゆっくり眠って朝目をさまし、家にいる通りの手順で支度をすませた。味噌汁が珈琲に変わっているが、それもトーストとグレープフルートをそえてボイが部屋に持って来てくれたから、それで朝飯をすませた。本当はその後で本式の朝食があるのだが、私は外の場合にも殆んど朝の食堂へ出た事はない。部屋で食べただけで十分である。それからなんにも用がなくなったけれど、外へ出ると知った人がいそうだから、成る可く遅くまで部屋の中にいた。お午近くなると、段段辺りが騒騒しくなった。それで一寸外に出て見たら、同船の約束をしてあった文藝春秋の永井さんが乗っていた。
ややあと永井さんが云ったから急にはっきりして、もうじき船が出るのだと云う事に気がついた。

（『大洋』一九四〇年十月号）

山火事

上

神戸港に向かう船が、明かるくなってから大阪湾に入ると、右は紀州の鼻、左側には四国路の島山が、船に迫ると云う程でもない遠さに様様の姿を列べて、高い峰には冷たそうな白雲が流れていたりする。去年の正月二十日過ぎに神戸引返し便の鎌倉丸に乗って冬の海路もいいと思った。

朝の内に入港したので、まだぼんやりした気持であったが、一先ず身支度をしているところへ、いつの間にか船は岸壁に著いたと見えて、神戸在住の旧友が船室に這入って来た。私の朝の珈琲を一緒に飲み、序に焼麺麭もかじった。先方はとっくに朝飯を終わっている筈であるが、余り早かったので又腹が減っている様子である。自分の店に出る前、この寒空に舞子ノ浜で游泳して来たと云った。

私はまだ眠くて仕様がないので、友達が夕方の約束をして帰った後、また支度を解いて寝床にもぐり込んだ。その前に部屋のボイを呼んで、これから午睡をするから起こさない様に、昼飯も抜くと申し渡しておいた。

岸壁に著いたなりの船の寝床に、丸い船窓から射し込む小春の日影を窓掛で遮って、わけもなく寝込んでしまった。目が覚めて見たら辺りがしんとしている。自分で承知して眠っておいて、起きて見ると甚だ不思議な気持である。窓掛を引いて外を眺め、港の波はもう夕暮の色になりかかっているのに驚いた。実は今日の昼の内に上陸して、西宮市外にいる老牧師を訪ねるつもりであった。その時の手土産として東京を立つ前に大騒ぎをして買って来させたかき餅の小さな葛籠がある。それを忘れていたわけではないが、判然と思い出すのが面倒だったので、有耶無耶で眠り込んで、今目が覚めた途端に更めて思い出し、困った事になったと考え込んだ。今から出掛けるのは大変でもあり、朝来た友人との約束の時間に間に合わない。幸い老牧師には約束したわけでもないので、向うが待っていると云う心配はないから、今晩陸で会う友人にその葛籠を託し、後で店の者に西宮の市外まで届けて貰う様に頼むと云う事にして安心した。

夕方に二度目の身仕度をして上陸し約束の所へ出かけた。友人は全然酒を飲まないので、私だけ麦酒を飲んで勝手な話でもするつもりでいると、友人は杯を手に取って女中に酌をさせ、それを挙げて私の麦酒のコップと照応させながら、よく来たとか何とか挨拶の恰好をつけた。そうしてその後も杯を重ねている。何少し位ならやれるさと云った。

私の幼稚園時代からの友達なのであるが、中途の学生生活が別別の方面に別かれたので、間の事はお互によく知らない。この頃になって私の著書を気にする様であったから二三贈ったところが、後で人に向かって、読んで見たけれどあれの書く物には実益がないと云ったそうである。

下

東京を立つ前、その友人に浴衣を一枚貰う様に頼んでおいた。下さる物は夏のお小袖、寒中の浴衣も有り難い。しかし貰って何にするつもりであったか、今一寸思い出す事が出来ない。船中の寝巻にするのであったら、昨夜は何を著て寝たのであろう。私は冬でもワイシャツをじかに著ているので、肌著のシャツと云う物の用意はない。

暫らくするとその席に友人の長女が現われた。綺麗なお嬢さんで、しなしなしているが、用件は私の浴衣を持って来たのである。友人が杯を挙げているのを見て、まあパパは、と云って目を見張った。すぐ帰ると云うのをやっと食卓に請じて父と娘を一緒にからかう様な事ばかり云っていると、友人はお嬢さんに、まあ飲めと云って盃を差した。飲めないとか、いやだとか云っているのに無理に飲め飲めとおやじが薦める。私もはたからけしかけて面白がっていたが、何かで諒解がついたと見えて、それは私には解らなかったけれど、お嬢さんが一献飲んだ。もう一つ戴くわと云って、また飲んだ。

おかしいなと云う事にやっと気がついて、こっちにも一杯くれと云うと、あんたは麦酒を飲んでいればいいと云った。無理によこせと云ったら、実は自分の飲んでいるのは、麦酒の燗だと云った。それも変だから引ったくって舐めて見ると、燗徳利にサイダーを入れていた。今度の船旅は何だか気分がぼやけていると思ったが、父娘引っくるめて、こちらからからかっている所の騒ぎではなかった様である。

船に帰って寝て、翌日の午頃出帆した。もやもやした気持はまだ取れていない。沖に向かった船の方角から云って、今日は紀州の山が左手に連らなっている。大阪湾の出口に近づいた頃、薄暗くなりかけた海面の向うに、もっと暗くかぶさった山のどこかから煙が上がった。その時になって煙が出たわけではなく、船が動いて煙を孕んだ山の襞が見える所へ進んだ迄の事であるが、空に昇った煙は、昨日白雲の流れた辺りによどんだ夕暮の雲に混じって、一面の空を薄暗くするばかりであったから、遠くからは解らなかったのであろう。

段段船が行くに連れて、その辺りがまともに見え出した。山の襞の深くなっているらしい見当に濛濛とした煙が厚く立てこめて、その中が薄赤くなった。すると、そこから遥かに離れた辺りに、突然大きな火の柱が立った。烈しく燃えさかって、仕舞には焔の色が白く見え出した。それが暫らくするとまた少し衰えて、一面煙をかぶったなり暗くなって行く様である。その内に、さっき薄赤く見えた辺りから又大きな焔の柱が立ち、同時に別の見当にも舌の形をした火のかたまりが、その明かりで見える小さな峰をぺろぺろ舐めている。

鎌倉丸の甲板に靠れてその景色を眺めている内に、これは本当の事であろうかと疑った。辺りに二三人の人は起っていたが、それ程驚いていている様子でもない。到頭煙のかぶさっている一面がみんな火になってしまった。想像も及ばぬ大きな焔が空を撫で廻し、その先が千切れて海の方へ飛んで来る気配であった。

（『都新聞』一九四〇年十二月十四、十五日）

門司の八幡丸

私は備前岡山の生れであるが、今まで山陽線の宮島駅から先へ行った事がなかった。又九州の土を踏んだ事もなかったのであるが、去年の秋台湾へ行く折、出がけに未だ家の家賃が払ってなかった。神戸から上船する前の二三日同地のホテルにいる事になったので、その間に約束の原稿を書いて東京に送り返し、稿料を留守の者が受取って家賃を払うと云う筋道の立った手筈にしてあった。出帆の当日までに肝心の原稿が書けなかったので、右の手順がすっかり狂い、又時勢の風潮を按ずるに私が台湾から帰るまで家賃をすっぽかすと云うのも穏やかでなさそうであった。仕方がないので身辺雑費の中より所要の額を東京へ送る事を、船が神戸港を出た後に船中で決心した。

その為替を組む為に、門司で沖泊りの船から九州に上陸した。埠頭から郵便局まで一二町の間を往復しただけであるが、下ノ関を知らない前に、私は先ず門司を知る事になった。

船に帰ってぼんやりしていると、潮の流れで船の向きが変わると見えて、さっき為替を組んだ郵便局はあの辺りかなと思って見る方角の様子が少し違う様である。人に聞いて見るとあそこは下ノ関だと云われて、自分の身体の右左が判然しなくなったりした。

今度門司から新造八幡丸に試乗する為に、三ノ宮から汽車に乗って山陽線のどん詰りまで馳けつけた。それで下ノ関の土を踏んで一年目に対岸の門司との照応を完うする事になった。下ノ関の駅は昔の新橋駅、横浜駅の様に、今でも上野はそうだったかも知れないが、プラットフォームの行き詰りで線路は切れてしまう。私の乗って来た汽車も、前夜の十一時に東京を出て以来、西へ西へと馳りつづけて到頭線路の無くなる所まで来たわけである。そこから先を無理に行こうとすれば、真正面にある改札口の柵を倒して往来を横切って海に這入る。だからまだ先に用事のある者もみんな降りてしまって、降りるには降りたが先へつながる聯絡がうまく行かない為に駅の構内で銘銘に混雑している。東海道線山陽線の吹き溜りと云う感が深い。

夜遅くまでざわざわする物音を聞きながら、構内続きの山陽ホテルに寝た。朝、目がさめて見ると窓掛けに朝日が射している。窓の下では人の話し声や足音や色色の物音が昨夜の続きの様にざわついていた。昨日の夕方長崎を出た八幡丸は今朝八時に門司へ入港する筈である。気がついて時計を見ると八時にはまだ大分間があったが、一寸様子を見て見ようと思って窓掛けを上げたら、まともにきらきら光る海波が流れて、その上に船体の上部を純白に塗った大きな船が浮かんでいた。満船飾の小旗が一枚一枚美しい朝日を浴びてひらひらしている。今ごろ著いた様子ではなく、もうずっと以前からそうしてそこにいたらしく澄まし返っている。

綺麗な新造船に成る可く早く乗って見たいとも思うし、乗れるにきまっているのだから、出来るだけ遅い方がいいとも思った。午過ぎに大同生命の支店長次席になっている昔の私の学生が訪ねて来た。一旦船へ行って船室に落ちついた上でその男の云う通りについて行こうか、先にそっちへ行って、後で船に乗ろうかと云う事をその時まで迷ったが、結局上船を最後の順序にする事にした。

長い間話し込んでいたけれど、中中夕方にならない。少し早いが出掛ける事にした。壇ノ浦に近い崖道の石垣には夕日がかんかん照りつけている。次席君の案内した海辺の旗亭に通って、縁端に座を占めると、澄み切った波の連なる先に八幡丸が浮いている。薄暗くなって灯が這入ったら綺麗だろう。平清盛はこの辺りに沈みかけた日輪を呼び返したのだが、僕は後から押したいと思うなどと話しながらお互に何年振りの杯をあげた。

いつの間にか夜になって、暗い海の向うに八幡丸の船体が大きい白い夢のかたまりの様に光り出した。美しい燈影が流れて行く海峡の浪に乗って、どこまでも長く筋を引いた。中に這入って行って寝るのが惜しい様な気がし出した。

旗亭を出て一たん下ノ関駅の構内に入り、聯絡船で門司に渡った。残暑のきびしい日であって、夜に入っても涼しくならない。門司の桟橋から本船へ行く最後のランチに乗り、そこで次席と別かれた。

八幡丸に這入った時は額に汗が流れていたが、ボイに案内せられて廊下にかかると、何となく辺りがさらっとした。まだ気がつかなかったのだが、自分の船室に這入って一時にすがすがしい涼気を感じ、初めて八幡丸の姉妹三船には客室に冷房装置がしてあるのだと云う事を思い出した。

（『海運報国』一九四〇年九月号）

出船の記

新田丸の姉妹船八幡丸は新造の艤装を終わって、前日の夕方に長崎を出港した筈である。私は門司の港を見下ろす下ノ関山陽ホテルの一室に目を覚まして、暫らく薄暗い部屋の中にぼんやりしていたが、何かのはずみで起った序に窓の覆いを絞って見ると、急に初秋のまぶしい日が射し込んで向うの沖にはきらきらと光りながら流れる朝波の上に、満船飾をした大きな船が浮かんでいる。真黒な巨体の上に純白の五層の甲板を累累と盛り上がらせた姿は新田丸その儘である。

姉妹船隊と云うのは大体同じ設計で造って行くのであろうと思われるが、仕事を運ぶ上に都合はいいかも知れないけれど、出来上がった挙げ句に姉と妹とのけじめが判然しない。私に設計させるなら、今度の様な三艘一組の姉妹船隊だとすると、先ず第一船のNを一万七千二百噸《トン》の新田丸に仕上げる。次ぎのYは八幡丸で五六千噸の中型にする。三番目のKの春日丸は三百噸か五百噸の小蒸汽船であって、しかし船体は黒く塗り、その上に狭くて天井の低い甲板を、歩けなくてもいいから矢張り五層造って真白に塗る。

その三艘を大きいのから順順に列ばしてどんどん走らしたら面白いだろうと考えた。

窓から覗いた時、八幡丸がもう来ているので少しは驚いたが、私は今日じゅうに上船すればいいのであるから別にあわてる事もない。隅っこの方に乗っけて貰うのであるにしろ、自分のつもりで八幡丸は私を迎えに来ているのだと想像する事は勝手である。船が来ているからと云って、すぐに乗込むにも及ぶまい。一万七千余噸の八幡丸を沖に待たせて、私はその日一日を下ノ関の岸で過ごす事にした。

季節にしては早過ぎる赤蜻蛉の群れが、窓から見ると下ノ関駅の屋根の外れから、海に迫った往来の空にかたまって、後から後からと数が殖えて行く様である。どっちの方角から飛んで来るのか解らないけれど、ここ迄やって来たが、海が渡れないのでまごまごしていると云う風に私は思われた。

残暑のきびしかった一日じゅう、下ノ関側の岸から沖の船を見て暮らした。日没は壇ノ浦の旗亭の手すりに靠れて海峡の浪の流れるのを見ていた。辺りに迫った山や森が黒い影を海に落とし、蔭がそのまま夜になって行く向うの暗闇の中に八幡丸のイルミネーションが大きな光りの塊りになって浮いた。

すっかり暗くなってから聯絡船で門司に渡り、本船へ行く最後の便《びん》のランチで上船した。上著も襯衣も脱ぎ捨てたい様な蒸し暑い晩であったが、船の中に這入ると何だか肌がさらさらとして来た。船室は冷房装置がしてある事は知っていたのだが、その事を忘れていたのである。だれにも差しさわりのある事でないから、八幡丸は冷房して私の上船を待っていたと考える事も自由である。それでいい気持になって私の船室に一服した。余り温度を下げるのを避けて、湿度の方で涼気を感じる様にしたつもりだと後でその係の人から自慢話を聞いたが、技術の上の事は私によく解らない。ただ外を歩いていて暑くなると部屋に帰って一服すれば、いつの間にか涼しくなっていると云う気持を私は賞玩して、なんにも用がないのに部屋を出たり這入ったりした。

新造船だから寝床も毛布も皆新らしい。しかし私はスプリングのあるベッドは余り好きではない。ベッドの奥の端と部屋の板壁との間に浅い谷が出来ている。身体を伸ばしてゆらゆらするベッドの上を寝転《ねころ》がっている内に向うへ行き過ぎて、ベッドから外れた拍子に背中でその浅い谷を探り当てた。八幡丸に七晩寝た毎夜、私はその谷で熟睡した。

翌日の午后遅く八幡丸は門司を抜錨して神戸港に向かった。腹の皮に響く様な汽笛をぼうぼう鳴らして何時までも止めなかったり、やっと途切れたかと思うと又吹き出したりする。いつもの船出と違う様だと思っていると、向うの山が静かに動き出したと思われる程速力を増して来た本船の舷側から少し離れた所を、小蒸汽船が二三艘一生懸命に白波を立てて同じ方に走っている。

右舷でその光景を見たので左舷の方はどうか知らと思って反対の側の甲板に廻って見ると、こっちでも同じ様な小さな船が大袈裟な白波を蹴立てて一生懸命に八幡丸に並行しようとしている。

一緒に乗っている郵船会社の人の話に、本船は披露のため昨日から今日へかけて関門港に碇泊したが、普通ならば今後この船がこの港に来る事はない。そう云う気持もあってあの小蒸汽船は八幡丸に別れを惜しんでいるのだと云った。

ふだん私などの知らない港の感傷に触れた気持がして、更めて小蒸汽船の姿を見なおした。そう云えばこの船が一昨日《おととい》の夕方造船所のある長崎港から初めての航海に上《のぼ》る時、この船の建造艤装にたずさわった人人は、職員も監督官も職工も、女工までがみんな小舟を仕立てて、小蒸汽船に乗れない者は伝馬船を漕いで港外までついて来たと云う記事を今朝の新聞で見た。自分達の手で造った大きな船が、段段暗くなって来る沖の方へ遠ざかって行くと云うのは、色色の感慨を誘うに違いない。

私の乗っている八幡丸はまだ夕日のあかあかと照り映えている波の上を走り続けて、関門海峡の出口に差しかかった。またぼうぼうと汽笛を鳴らしたが、同時に両側を走っている小蒸汽船も色色の音色《ねいろ》でぴいぴいと汽笛を鳴らした。そうして一艘ずつ小さく廻転してもとの方へ帰って行った。私はそう云う事に馴れないので、何だか大変な光景を経験した様に思われて、気疲れがした。

甲板から下りて聞くと、今夜の行く先に低気圧が出たと云う話である。おまけに門司から神戸へ行く航路を都合で瀬戸内海に取らず土佐沖へ出ると云う話である。内心崇厳な気がしない事もなかったが、構うものかと覚悟をきめて、晩餐がすむと暫らく暗い海面の舷《ふなばた》に近い辺りを、流れ去る白い波頭の行列を眺めた後、ベッドに上がって身体を伸ばした。

帆柱に風が鳴っている様にも思われるし、それはただ気の所為の様でもあった。寝ながら船が揺れているのを確かめようとするけれど、どうも判然しない。それでは揺れていないかと云うに、決してそうでない。気持がぼやけて来て、どちらでもいいと考えかけた儘寝入った様である。

夜中頃に薄目になって、船中に眠っている事は解っているが前後がうまくつながらない。ベッドと板壁の間の浅い谷に横たわった儘、背中で山の様な物を一つ越した。間もなくもう一つ越して、その次に又背中が登りに掛かったと思う時分にはまた眠っていた様である。

（『大洋』一九四〇年十二月号）

タンタルス

上

私も寄る年波で、たががゆるみ判断はにぶり、外界に対する順応力を失った。高邁な理想を忘れて手近の物慾に囚われその為に地獄の苦しみをする。神戸花隈の旗亭で一献したが私は麦酒が飲みたく又麦酒しか飲まない。同座三人の中一人はお酒麦酒どちらでもいい。もう一人は杯を見向きもしない大食漢である。

　初めに私のホテルで落ち合って出掛ける相談をした時、私は旗亭に麦酒のない事を危んだ。そぞろな杞憂ではないのであって、神戸へ来る十日ばかり前の夕方甘木を連れて東京駅のステーションホテルへ晩飯を食べに行ったが、五時半を少し過ぎたばかりであって、食堂の開くのは六時半だと云う事である。出たり這入ったりするのも面倒だと思ったから、風通しのいい窓際で待っている内に、バアは開いているから麦酒を飲もうかと云う気になったけれど、食前にそう云うお行儀の悪い事をするのはよそうと考え直した。やがて、船の中の様なオルゴルが鳴ってボイが食堂の案内に来た。甘木と差し向いの食卓で先ず麦酒を誂え、前菜を肴にしてすぐ一本は空けてしまった。甘木は麦酒も少しは飲むけれど、サイダーに混ぜた方がうまいと云う程度のお相手である。それでサイダーも誂え又麦酒を追加した。ソップがすんだ時は二本目の麦酒もなくなったので、女の給仕にそう云ったが中中持って来ない。その内に魚のお皿が出たから早くしないかなと思って辺りを見廻すと、向うに支配人が起っている。相図をして呼び寄せ随分前に麦酒を頼んだのだがまだ持って来てくれない。そう云ってくれと頼むと支配人は私共のテーブルの上を見て、お飲物はお一人につき麦酒又はサイダーのどちらか一本ずつと云う事になっている。こちら様へは既に麦酒二本とサイダーが来ている。もうこれ以上は差上げられないと云った。私は非常に驚いて、所によりそう云う制限のある事は薄薄聞いていたが、こう云う場所の食堂までそうなっていると考えなかったのは自分の不覚である。それなら前にバアで飲んでおけばよかったと考えたけれどもう遅い。廊下のどこかに貼出しがしてあるのを見落としたのであろう。又仮りに掲示なんかしてないとしても、向うからそう切り出された以上は、それが今の常識となりつつある時勢だから、兎や角文句を云っても仕様がないであろう。麦酒は自分の定量だけ飲めるものときめて食べ始めたのがこちらの不注意である。しかし、まだソップが終ったばかりの所で麦酒を打ち切られては、後の御馳走が咽喉を通らない。決して理窟を云うのではないが特別の計らいでもう一本だけ出させてくれ、それを大事に飲んでお仕舞にするからと頼んだけれど支配人は聴き入れない。結局始まったばかりの御馳走をそこで中断して後は持って来るお皿を見るだけで下げた。食べて食べられない事もないし、腹もへっているのであるが、先に御馳走を詰め込んでおなかをふくらませた後で、家に帰ってから飲み直すとなると麦酒の味が落ちる上に、平生飲むだけ飲んだのでは足りなくなる。今日の行きさつは自分の不注意による事であるから、ここであっさり諦めて、早く家に帰る算段をしよう。迂闊に外食の出来ない世の中であると承知しながら人を誘ってこんな目に会った。甘木の食べ終わるのを待って大急ぎで家に帰ったが、半端な麦酒と食物が先に這入っている為、矢っ張りいつもの通りではすまなくて、結局飲み過ぎになり、いい加減がたぴししている私の身体に思わぬ不養生をした。

そう云う経験があるので、神戸のホテルから花隈へ出かける前に私は心配した。連れの二人はのんきで、飲まない方は自分の分を私にやるから大丈夫だと云い、お酒でも麦酒でも構わぬと云うのは大博士なのであるが、大博士は自分は酒を飲んで麦酒は私にやるから心配するなと云った。御自分は酒を飲んで麦酒の頭割りを人に廻すと云うそんなわけには行かない筈だと云ったが、何そんな事があるものかと云うので、出かける事になった。まだ気にかかるので、一応その家へ電話をかけて貰うと、向うでは矢張りお一人前一本だと云ったそうである。しかし出来るだけ勉強すると云っているから大丈夫だと云うので三人が乗り込んだ。

大博士はお酒を飲み、私は恐る恐る麦酒を飲んだ。なんにも飲まないのは旧稿郷夢散録の中に出て来る私のおさな友達の椎茸のりたけ乾瓢さんで、今は神戸の大旦那である。大旦那は忽ちサイダーを二本飲んでしまった。ひやひやしていると果して麦酒の二本目が空いた頃から女中が少少六ずかしくなって来た。早く後を持って来いと云っても中中座を起たない。きっと麦酒二本の外にお酒が何本目でサイダーが二本で、と胸算用をしているに違いない。その内にしぶしぶ三本目を持って来たが、丁度その頃がこちらは味の出た盛りで瞬く内にその三本目を飲みつくした。本当ならもうその位でいい筈なのであるが、初めから三本あてがってくれたなら、飲んで行く間に加減も出来たと思うけれど、一本毎に気を遣い、女中に阿諛佞弁《あゆねいべん》してやっと一本ずつ千切る様に貰ったのでは端から消えて行った様な気もする。又独り自分の家で飲むのと違い、話し相手があれば自然駄弁もふるうので気が発して散ってしまう。しかしこう云う時節でもあるから、もうそろそろお仕舞にしなければいかんと考えた。それにはもう一本持って来させて、それをそのつもりで飲み始め、一本を終わる内に虫を押さえてしまおうと決心した。女中にそう云うと知りませんと云う様な顔をしている。まあ頼むと云っても、もう三本召し上がったではないかと云う。それはそうだが特別でもう一本と云う様な事を繰り返したけれど、こちらも一生懸命だから色色尤もらしい理窟をつけて口説くので、女中は返答に窮し座を起ってしまった。取りに行ったのでない事はその場の気勢でわかる。困った事になったと考えた。中腹と云う加減である。この儘では寝つきが悪いに違いない。

　御馳走の順序が丁度半分辺りまで進んでいた様であったが、それから後は急にお皿の出廻りが早くなった様である。お膳の上に幾品か並んでいるところへ、もう赤だしの味噌汁が来たらしく、蓋をしたお椀の中からいいにおいが洩れた。そうして別の女中が現われて、おはちを前に控え、いつでもしゃもじを執るばかりの姿勢を示した。万事休すと思ったが、又私もおなかはすいているけれど、後半の御馳走に箸をつけ、赤だしを吸って御飯をたべると云うわけには行かない。そう云う事をすると、後で足りない丈を飲み足す際に順序をちがえて食べた物が腹の中で邪魔になる。それが邪魔にならぬ迄に飲むには追加の量を倍の倍にも増さなければならない。結局、東京駅のステーションホテルの時と同じ様に同座の二君子が食べ終わるまで私は一服して眺めていると云う羽目になった。皆さんが終わるのを待って早早ホテルに帰り地下のグリルで麦酒を飲んだが、間に時間がたったので矢っ張り少少飲み過ごした。あの時もう一本出してくれて、それから赤だしで御飯と云う順序になっていたら、今頃はもう眠っていられるのにと恨めしく思った。

　一体私は、麦酒しか飲めないわけではなく、お酒も永年飲んで来たのであるが、養生の為二三年前から一切お酒を廃する事にした。自分でそうきめて以来自分から杯を取り上げた事はない。ついでに麦酒もやめてしまえば人に迷惑を掛ける事も少いのだが不養生の一つ二つは残しておかないと、必要な場合これ以上の養生に入る事が出来ない。尤も毎日麦酒を自分の定量だけ飲んでいては、その必要な場合と云う場合がきっと間に合わなくなるだろうとも考えている。身体の調子による事であって、いつもそれでいいと云うわけではないに違いないが、私のお医者様は一日二本迄の麦酒を黙認している。お医者は大概内輪を云うものであるから、それにもう一本加えた辺りが私の守る可き限度であると自分で判断した。日本酒をやめて以来私は殆んど欠かす事なく毎日それだけの麦酒を飲んでいる。幸いに今までのところは私の身体がそれに堪えられたけれど、身体よりは世間の風向きが毎日麦酒をそれだけ飲む事を六ずかしくして来た。去年の春頃から段段そう云う事になって夏はどうなる事かと案じていると、近所の酒屋で毎朝醸造会社から壜詰の生麦酒を取って来てくれた。町で飲ませる樽入りの生麦酒は、名前ばかりの生麦酒であって取り柄は生臭いと云うだけの事であるが、酒屋が毎日麦酒会社から取って来てくれる壜詰の生麦酒は冷蔵庫に入れておいても二三日で腐ってしまう。普通の壜詰のラーゲル・ビールとは又別の風味があって、去年の一夏はそれで過ごした。一本が二リットル入りであって、二リットルは一升一合であるから丁度普通の麦酒の三本分に当たる。その大壜を一本あけて、お医者さんは二本までと云ったがまだ一本しか飲まないと考えたりした。

秋になるとまた手に入れるのが楽になって、寒麦酒《かんビール》の味も年年と変りなく、今年の夏になった。今度は普通の罎詰で一夏を過ごす事が出来たが、ただ一日、初夏の一晩家に毎日の数のそろわない事があった。その事を家から電話で知らされて、夕方郵船の帰りに方方をほっつき廻り、何軒ものぞいて見たが結局私の思う通りにはならなかった。餓鬼の様な気持に陥り、挙げ句の果てはそう云う事の為に自分の身体が非常な無理をしたと云う事を感じる。

神戸花隈の宵から十日後にまた神戸へ行く事になった。船で出かけるので船中の事は心配ないが、神戸に上陸して山陽線で下ノ関まで行き門司から新造八幡丸に乗って横浜に帰る途中また神戸に寄港する。その時にはきっと又十日前と同じ事が始まるだろう。

下

本稿タンタルスの「上」が東炎に載ったのは昭和十五年十月であって丁度今から二年前である。寄稿の約束を中途半端で有耶無耶にし編輯に手支《てづか》えを掛けた事と思う。しかしタンタルスの中絶は必ずしも私の懶惰の為ばかりではなかった。当時既に世情の遷り変りは烈しくなりつつあったけれど、その後に続く二年を経た今日から顧るとまだそれ程でもない。或は目に見えない所に非常なものが動いていたかも知れないが、世間に疎く苟且偸安《こうしょとうあん》の性根に煩わされて自分の意地や我儘を通す事を先に考えた。麦酒がなければ、ないと云う為になおの事飲みたくなる。本稿の前半はそう云う不心得の記録である。怪しからん話だと云う事は自分にも解っていたので飢渇の亡者タンタルスの名を文題としたのであるが、行文の間に未練が残って、タンタルスを書こうとするのかタンタルスが書いているのか判然しない所がある。渡した原稿が東炎に載ったのを読み、この儘の調子で後半を続けては相済まぬと考えた。それで尻切れの儘中絶した次第である。

二年が過ぎた今日、当時の自分のうろうろしている姿を顧る。歳月の流れの向う岸に重たい麦酒壜を袋に入れてほっつき廻った自分を眺めると矢っ張りタンタルスに違いないと思われる。これから稿を続けるに際し、文中のタンタルスなる自分は決して麦酒壜の袋を手離さない様に、あやまってペン軸に手を触れる如き事のない様厳に戒めるつもりである。

さて前稿の神戸花隈の宵に恨みを飲んだ後、一旦東京に帰ってからじきに又神戸へ出掛ける事になった。旅装と云う程のものはない。学校の教師をしていた当時教科書や閻魔帳を入れて毎日さげて歩いた鞄の中に浴衣と鼻紙と持薬の袋を詰め込んだ。それで身のまわりの物は調う。その外にもう一つズックの手携袋を取り出して麦酒を半打《ダース》入れた。野球の道具を入れて行く様な袋であって、中身を詰めて携げれば鞄の恰好になる。中に仕切りがあってその片側に麦酒が三本ずつ這入る。きちんと纏まった荷物になるので重たいけれど持ち物としての始末はいい。元来は古日宗匠の所有物なのだが長い間借

り っ放しにしているのでいつの間にか私の物の様な気がし出した。浴衣を入れた鞄と麦酒を詰めた袋とを携えて家を出た。

途中で米川文子女史の家に寄った。米川さんの所の縁の下には業務用の麦酒があると云う事を聞いている。私のさげて来たのは家庭用である。自分で飲むにはどちらでも構わないが、重たい麦酒をさげて行くのは何日か後にまた神戸の花隈で旧友に会う時持込もうと云う所存である。持って行ったにしても料理屋の座敷に家庭用の麦酒が列ぶ事はよくないであろう。又帰りにはおかみさんへの心附けとして携行した麦酒の空壜をやって来ようと考えている。その為にも業務用の壜でなければいけない。米川女史は御不在であったが留守の人に縁の下から秘蔵の麦酒を出させて詰め換えた。後で留守居が怒られたかどうかは明らかでない。尤もだまっていれば解らないかも知れない。しかしそう云う入れ智恵はしなかった。

古郷先生が新婚の奥さんを同伴して見送ってくれる。しかも東京駅迄ではない。横浜の埠頭から船内に入り私の船室で一服するところ迄のお見送りである。事の序に鎌倉丸と云う大きな船を奥さんと共に一覧しようと云う趣向も伺われる。当時の古郷さんは学校に勤務し正真正銘の先生であったが、私がこの稿を二年間途切らしている間に日本郵船に入社して本物の社員になった。会社にいて会社の船に這入って行くには別の気持がするであろう。その時は全くの見送り人であり又は見物人であった。タンタルスがうろうろしている内に古郷さんは袖の白墨の粉を払い落としてしまった。

鎌倉丸は午後三時に解纜《かいらん》した。船中で携行の麦酒の袋に用はない。翌日の午過神戸港に著き重たい袋をさげて船から上がった。上屋《うわや》を出ようとする所で出迎えに来てくれた椎茸のりたけ乾瓢に会い一緒に海岸通のオリエンタル・ホテルへ行った。

部屋は前から頼んでおいたのだが案内されて行って見ると向きがよくない。そちらからは風が這入らない。近年になってから神戸へ行く機会が多く、いつも同じ所に泊まるのでそう云う勝手を承知している。案内のボイに談判してその場で部屋を換えさせる事にした。ボイは電話で下の帳場と打ち合わせて別の部屋に案内してくれたが、その時の行き違いで夕方に馬鹿な目を見る事になった。

ホテルにいる間は重たい袋を開ける事もない。洋服箪笥の中にしまい込んで何をするともなく半日を過ごした。

神戸には椎茸の外に手井さんがいる。手井さんは私の教師時代の同僚であり又学生航空のお先棒を舁いだ当時の相棒である。今は神戸に本社のある大きな会社の課長である。その日はホテルで一緒に夕食する約束がある。帳場に来訪客のある事を通じてはおいたが、何も外に用事がなくてただ人の来るのを待っているのは自烈《じれっ》たい。約束の時間を過ぎて外が薄暗くなった。窓に起って見ると港の波がいやに白く光っている。今日はこの辺りの防空演習である。今に往来は真暗になってしまうだろう。

到頭我慢が出来なくなって下の帳場へ下りて行った。私の部屋にはまだ薄明りがあったが階下はすっかり夜である。暗幕を張ってその内側に電燈が煌煌と輝いている。帳場の前に起って部屋の番号と名前を云い掛けるとけげんそうな顔をして内田さんはお出掛けだと云った。昼間見た受附の顔とは違う。今私に応対している顔には私も見覚えがない。時間が来て交替したのだろう。しかし変な事を云われては困る。僕が内田だと云うとお帰りなさいませと云う。帰って来たのではない、部屋から出て来たのだと云ったら、いいえそんな筈は御座いません。お部屋の鍵がここの棚に乗っていると云い張った。鍵はボイが持って来ないからその儘そこにあるのだろう。又自分は人を待って一度も外出しないから鍵のいる事もなかった。その人が余り遅いので心配だから尋ねに出て来たのだが未だ見えないかと聞くと、その方は随分前に入らしたが御出掛けだと申上げたら長い間ロビーでお待ちになって入らっしゃいましたけれど、お歯がお痛みになるとかでお帰りになりましたと云った。昼間から帳場に通じてあるではないかと云って見ても始まらない。承った相手が違っている。引き継ぎがなっていないと云うのも面倒臭い。先方ではこの棚に鍵があるのに本人がいると云うのが不都合だと考えているらしい。鍵は厳然と帳場に頑張っている。それにも拘らず本人が窃《ひそ》かに自分の部屋にしゃがんでいたのが間違いのもとである。ボイが届けなかったのはいけないとしてもその手落ちを以てここに鍵があると云う事実を打ち消す事は出来ない。お気の毒だが非はお客にあると考えている様な顔をしている。手井さんに申訳ない事をしたけれどいつ迄ここに起っていても埒《らち》は明かない。

暗くなった部屋に帰って電気をともし更めてがっかりした。腹がへっている筈なのだが、へった様な気がしない。大分たってから一人で食堂に行ってぽそぽそと食べた。昼間到著した時、最初に案内された部屋の鍵はたしかにボイが手に持っていたが、それから後は何も気にとめなかった。片づかぬ様な不愉快な様な怪しからん様な相済まぬ様な変なものが咽喉に閊《つか》えている。麦酒を飲んでも流れない。

業腹だからすぐに寝てしまった。部屋附きのボイがもうお休みですかと不思議そうな顔をした。蚊遣線香に火をつけてベッドの下に入れてくれた。夏来る事が多いのでそのにおいにも馴染みがある。いつもそれで朝までもつのだが、その晩は余り早く寝過ぎたので夜明けに頸や腕を蚊に喰われた。

朝は食堂に行かない。ボイが部屋に持って来た薄いトーストをかじって支度をすませた。ひる前に三ノ宮駅から下ノ関行の下リ急行に乗った。洋服簞笥に入れておいた麦酒の袋を持ち出し、駅では赤帽に託した。赤帽が手を掛ける前に重たいよとことわる。又歩廊の混凝土《コンクリート》にがちゃっと置かれては堪らないから、われ物だよと注意する。車内では給仕がこのお荷物は棚へ上げてよろしゅう御座いますかと聞く。いやいや足許でよろしいとことわる。頭の上に乗っていると思うと落ちつかないだろう。それだけの気苦労で重たい袋を下ノ関まで運ぶ事になった。下ノ関のホテルは前から部屋が取ってある。その翌日は新造の八幡丸に上船する。本来ならこんな始末の悪い荷物を遥遥《はるばる》持ち廻らなくてもいいのであるが、今度八幡丸で神戸へ帰って来た時は何日かの碇泊中船中に寝泊りするつもりである。神戸のホテルへ預けておいてもいいけれど、又船から取りに行くのが面倒臭い。何しろ肌身を離さないに限ると考えて汽車の中まで持ち込んだ。

同車の西洋人が向う側の座席から頻りに話しかける。英語で何か云って来るから止むを得ずその受け答えをしていたが、こちらは全力を竭《つ》くしても中学生の会話程の要領も得ない。暑さは暑し不馴れなお相手でむしゃくしゃした。一体こう云う連中にはずるいのがいて、日本語が解るくせに黙っている事がある。面倒だから日本語で応対してやろうと思う。日本語は解らないと云った。話す事は出来なくても聞けば解るだろう。それも駄目だと云うので、いつから日本にいるかと聞いたら、二週間前に盤谷《バンコク》から来たばかりであって、これから朝鮮を通って哈爾賓《ハルビン》へ行くのだと云った。日本語を弁じないと云う心掛けは悪いが、しかしそれでは解らないだろう。そんな事を話している内に独逸人だと云う事が判明した。一寸したはずみで今度は独逸語になった。相手は独逸人であって独逸語ですまそうとする。こちらの合わない事に変りはない。ちっとも要領を得ないのに相手は納得したり合い槌を打ったりする。馬鹿馬鹿しいから黙っていようと思う。

通り掛かった車掌をつかまえてここで麦酒を飲む事は出来るかと聞いている。ちっとも埒はあかない。話し掛けて私の方を見ている。麦酒は駄目だと私が云って聞かせた。食堂車にはあるかと問い返す。我我は昼間は麦酒を飲まないのだと云うと感心した様な顔をした。しかしまだ何だかよく聴き取れない事を云っている。咽喉がかわいているのだろう。コップに水を持って来て上げなさいと私が車掌に云った。暫らくすると大きなコップに氷のかけらを沢山入れた水を持って来た。独逸人は非常によろこんでそっと一口ずつ飲んで居る。熱い物を吹き吹き飲む様な様子である。飲まない時は大きな手の平をコップの上に乗せて蓋をしている。

汽車が坂を登って三石の長い隧道に這入った。真暗がりになった。天井の電気がともらない。一つ前の車室には電気がついている。デッキの扉の磨硝子を隔ててその薄明りが見える。身の廻りは鼻を摘まれても解らない。手さぐりで呼びりんを押して見たが車掌も給仕もその辺りにいないらしい。この急行は前日の夜十一時に東京駅をたち、夜通し東海道を走って明かるくなってから京都駅で展望車を連結する事になっている。その時電線をつなぐのを忘れたのであろう。暗闇で目には見えないが、煤煙が大変な勢いで吹き込んで来るらしい。鼻の穴がくすぐったくなった。真夏の事だから窓の硝子戸を上げて網戸が下ろしてある。煙は網の目を抜けて顔にぶつかって来る。ざらざらした煙が暗くても肌ざわりで解る。少し呼吸が苦しくなった。今更窓を閉めて廻っても間に合わない。又窓の幅が馬鹿に広いから一枚の上げ下ろしもらくではない。相客の数も少いので、暗闇のところどころに煙を吸っている連中は到底手が廻り兼ねると考えて諦めているのだろう。

隧道の中で下り勾配になったと思うと汽車に勢いがついて両壁の反響が烈しくなった。忽ち隧道を抜けて三石の駅を素通りした。車室内の煙は暗闇で想像したよりもひどい。明かるくなってから暫らくは辺りが見えなかった。窓から吹きつける風で煙が筋に流れた時、向うの席にいる独逸人を見たらさっきのコップを手の平で押さえた儘目をつぶっている。

隧道を出て勾配を馳け下りた儘の勢いで幾つかの駅を飛ばし、二三十年一度も帰らなかった郷里の岡山に近づいた。向うの山の塔の屋根や大川の上の空の色に懐旧の情を禁ずる事は出来なかった。何分間かの停車の間、岡山の土を踏んで見ようと思って車室を出たが、汽車が長過ぎると見えてデッキから降り立った所は歩廊の外れである。足許が少し坂になっている。起っているには足場が悪い。おまけに歩廊の屋根はそこ迄届いていない。日中の日がかんかん照りつける。真中の方へ歩いて行くのも面倒臭い。二足三足そこいらを歩いて見ただけで又車室に戻った。

それから又何時間か走って広島駅に著いた。本誌の寄稿家の大井征氏がその頃は広島に赴任していた。打ち合わせておいたので停車中に会ったが、ついでに下ノ関まで引っ張って行こうと思ったのは駄目であった。タンタルス上の載っている昭和十五年十月号の雑俎欄にその時の事を大井さんが寄稿している。私がひどくハイカラ紳士に見えた様である。大井教授は御自分でもそう云っているが私の見た目にも洗濯屋の小僧の様であった。

又何時間か走り続けて宵の九時に下ノ関に著いた。何しろ腹が減っている。朝神戸でトーストを嚙じって以来、三石の隧道で煙を食った丈である。時時分《ときじぶん》に食堂車にも出掛けずおとなしくしていた。宿に著いてからの晩飯が楽しみだからである。酒飲みと云うものはそう云う点で普通の人よりお行儀がいい。山陽ホテルの受附でこちらが口を利こうと思うと前に一人起っているお客の談判が埒があかない。その間じっと後に待っていた。腹の虫が鳴いている。前があいたので先ず食堂の事を聞こうと思ったがもう食堂の時間ではない。バアはあるかと尋ねると、バアはもう閉まったと云った。おやおやと思ってがっかりして、前から部屋が頼んである筈だと云うと、お泊りならバアはまだ開いていると云った。そうしてボイを呼んで部屋に案内させた。ボイに麦酒はあるだろうねと確かめると、麦酒は毎日あるがバアが開いてからじきに売り切れる。余程遅くまである日でも八時まで残っている様な事はないと云ったので又がっかりした。そのつもりで持って来たのではないが、しかし重たい袋がある。袋が物を云う時が来た。

それでは先に風呂に這入る。その間に袋の中のを半分冷やしてくれと頼んだ。バスから出て見るともう用意が出来ている。バアから取って来てくれた御馳走も揃っている。

遥遥東京から持って来た麦酒を一口飲んだ。一寸の間にすっかり冷えている。そこに起っているボイがアイスボックスでは間に合わぬと思ったから別に冷やしたと自慢した。三鞭酒《シャムパン》を冷やす様な事をしたのだろうと思った。咽喉を潤おしながらあの袋をさげて来てよかったと云う事を何遍でも心の中で繰り返した。

翌日の夜、昔の学生の城川に見送られて門司から沖泊りの八幡丸に上船した。岸を離れるランチに持ち込んだ袋は半分の重みである。しかし昨夜の空壜はボイに持ち出させて袋に詰めた。そうしないと荷物としての恰好がつかない。

八幡丸に乗ってからは又袋に用はなくなった。船室の洋服箪笥の下に蔵い込んだ。これから八日間この船に乗った儘である。行先は横浜であるが途中方方に寄り、神戸には三日も碇泊するのでひまが掛かる。

次の日の午後門司を抜錨して土佐沖を通り翌朝神戸に入港した。その夕方椎茸さんの招待で花隈へ上がった。この時の為に重たい袋を携げて来たのであるが、手許に持っているとなるとこの前の様な大袈裟な気持はしない。その座敷にどさりと置いて、安心すると同時に多少は馬鹿馬鹿しいと云う気がした。それから飲んでどうしたと云うのも煩わしい。帰る時に業務用の空壜をみんなやったら喜んだ事は確かである。

（『東炎』一九四〇年十月号、四二年十一月号、四三年一月号）

波のうねうね

一片便

昨年七月二十日の海の記念日の数日前に郵船氷川丸で神戸へ行った。その後戦争が始まる迄にはまだ半歳の間があったが、秋初めから海の上は既にあわただしくなっていた様である。定期の航路も段段に狂って来たり或は取り消しになったり、取り消しになった船が何処へ行ったのかと思っていると南洋方面の引揚船になって帰って来たりした。

去年の海の記念日は創設の第一回目であって色色の催しが行われた。氷川丸に乗ったのもその一つであって、航海中の船の中で海に関する座談会が開かれたのである。逓信省の主催であったが、私は郵船会社の関係で乗った。上船の二三日前になって、同じく郵船の浅間丸が丁度氷川丸の著く時分は神戸港にいる筈である。会社の関係者は帰途も海による事にして浅間丸に乗り移ってはどうだろうと云う話があったので大いによろこんだ。浅間丸は前に云った引揚船の一つになって、南の方から帰って来るのである。最初の予定ではもっと早く、私共の氷川丸が神戸に入港する前に既に神戸から横浜に向かっている筈であったが、途中長崎で暇取って神戸の入港が遅れた。それでうまく氷川丸と出逢う様な事になったと云う話であった。ところが、私共を乗せて行く氷川丸の出港が間際になって一日延びた。大雨が降っていたのでその為だと云う事であった。凪なら話が解るが雨が降ると船が出ないと云うのは変である。しかし聞いて見れば成る程と思う。方方の定期航路が次ぎ次ぎに取消しになっていた時分ではあるが、氷川丸の就航した沙市《シヤトル》航路はまだ閉鎖せられていなかった。或はその時が最後であったか、最後の一つ手前の便であったか、兎に角、氷川丸はシヤトルから帰って来たのである。横浜へ入港すると同時に降りるお客は降りてしまったであろう。しかしお客の乗り降りも八釜しくなっていたので、目的港に著くまでは途中の上陸を禁止せられて、船中に足止めを食っている外国人も少しいた様である。

私は会社にいる関係で我儘を許して貰い船に乗る時は大概出帆の一日前に上船する事にしていたが、その時も前の日の夕方乗り込んで見ると、人っ気のない船の暮れかかった甲板を黙って行ったり来たりする外国人がいた。人の顔をうかがう様な、又すぐに目を外らす様な曖昧な素振りをする。港の水面はまだ薄明りを湛えているが、その向う岸はもう暗い。家並みだか土手だか見分けのつかぬ辺りから溶鉱炉の焔の様な火柱が立って、垂れ下がった雲の裾を赤く染め又よごれた様な光の筋を港の浪に流してすぐ暗くなる。甲板の外国人は驚いた様にそちらを眺めたり、何も見ないと云う風に背を向けて暗い方へすたすたと歩いたりした。

お客の外に積荷がある。入港以来毎日雨が降るのでその荷役が出来ない。神戸に向かって出帆すると云う前日になって雨がいよいよひどく降った。積荷は小麦粉だったそうである。だから濡らすわけに行かない。それで雨の為に出港が一日延びた。私も一日遅れて上船した。そうして、話が前後したが暗い甲板の外国人に会ったり、向う岸の火柱を見たりしたのである。

こちらが一日遅れた為に、うまく行く筈であった浅間丸の乗りつぎは間に合わなくなった。氷川丸が神戸に著いた時は、浅間丸はもういなかった。昨夜の海の上のどこかですれ違ったのであろう。その晩は大変な時化で、沖の稲妻が船のまわりを紫色に走り、甲板と同じ高さに盛り上がって流れる大浪が浪頭を雨に叩かれて暗い海面に無気味な白い絣《かすり》を散らした。浅間丸も同じ海の上を通って横浜へ帰って行った筈である。一日違いで残念な事をした。浅間丸の外の船の便はなかったので、氷川丸が岸壁に著くと間もなく上陸して翌日汽車で東京へ帰った。その片道の氷川丸が最後で、それから後の一年間は一度も船に乗る折がない。又今日の忙がしい海の上に私などがのそのそ出て行く可きでもない。机の上を海原に見立てて流れ行く浪を追う事にする。

二　船酔い

浪が高いと船が揺れる。自分の乗っている船がぐらぐらすると船に酔う。尤も自分が揺られているのでなくても船酔いと云う事はあるらしい。英吉利《イギリス》の新聞記者が書いた馬来《マレー》沖海戦の記事を翻訳で読んだ。その記者はレパルスに乗っていて、追いつめられたプリンスオヴウェールズが疾走するのを見ていると、胴の長い軍艦が全速力で浪に食い込んで行く。舳先が持ち上がったかと思うと又浪の中に突込む。大きな縦揺れを眺めているうちに自分の方が船酔いを感じて気持が悪くなったと書いてあった。私の知った人に、一度も洋服を著た事のない漢文の教師があった。その人は停車場の歩廊に立っていて、這入って来る汽車の機関車が目の前を通り過ぎると、目まいがして胸先が苦しくなり、吐きそうになったり、時には吐いたりするそうである。又別な話では活動写真を見ると船に酔った気持になって、げえげえ云うと云うのもある。そう云う船酔いもあるから自分の乗っている船が揺れる時だけ船に酔うとも限らない。何年か前に私は初めて鎌倉丸に乗った。鎌倉丸の様な大きな船は見た事もなかった。船の中に這入ると何もかも勝手が違う。夏の事であって頻りに通り雨がした。いつまでたっても船は岸壁を離れない。人が出たり這入ったりする。聞き馴れない物音が方方でする。すっかり気疲れがして、まだ走り出さない内から船に酔った様な気持になった。大きな船が岸壁に横附けになった儘ゆらゆら揺れ出した様に思われる。甲板に起っている自分の足の踏ん張った方に船が傾き、それが船の力で元に戻って今度は自分のからだが揺られると云う風に感じた。

私は臆病なので船に乗るのがこわかったに違いない。自分から進んで乗りたがった癖に、いよいよその場になるとまだ走り出さない前から船酔いの心配をしている。鎌倉丸を皮切りにしてそれから後は色色の船に乗った。余り遠方へ行った事はないが近海は随分往復した。最初の時心配した様な事はない。基隆《キールン》から門司に帰る途中、小さな低気圧が進路を遮って一晩じゅう大荒れに荒れた事があるが別に酔った気持もしなかった。初めに云った氷川丸の沖の稲妻の時は夜半に私の船室の卓子がひっくり返った程の揺れ方であったけれど、その為に酔うと云う事はなかった。私だけでなく海の記念日の座談会に同船した人人もみんな平気だった様である。

大きな口は利かれないが、船酔いと云う事も一体に昔程ではなくなったのではないかと思う。エレヴェータがはやり始めた当時は乗るといやな気持がした。すっと上がる時、血の気が引いてしまう心地がする。止まった時は一層いけない。ふらふらと前にのめりそうであった。今日そんな事を云う人は滅多にいないであろう。臆病な自分の事から考えて、今の人間は滅多に船になぞ酔わないと私はきめている。

三　浪頭

二三年前に新造の八幡丸に乗って土佐沖を通った事がある。門司から出て行ったのであるが、その時も行く手に低気圧があると云う話であった。最初の鎌倉丸の時から見ると、その間に既に度度船に乗って大分海に馴れていたから低気圧と聞いてもそれ程驚かない。間もなく辺りが暮れて来た。海の夜は浪の上が暗くなるのでなく、浪の底から暗くなって来る様な気がする。どこも見えなくなったので船室のベッドに寝た。夜半に寝たなりで大きな山をいくつも越す様な気がしたが、後から考えるとその時船が土佐沖の大浪を渡っていたのであろう。

二三日後に、同じ八幡丸が神戸を出港しようと云う日の朝から大変なあらしになって、海岸通を走っている自動車の前硝子が突風の為に破れたと云う様な騒ぎであった。八幡丸も鎌倉丸に劣らない大きな船である。大きな船が、横風の時に岸壁を離れるのは厄介だそうであって、その為に出帆は何時間か遅れた。夕方近く風は少し凪いだが、船から見渡す港外の海面はささくれ立った浪頭の為に真白である。突堤にぶつかって来る浪はきりきりと棒立ちになってから崩れる。これからその浪の上を渡って沖に出たら大変だろうと覚悟をきめた。ところが船が動き出して見ると格別の動揺もない。甲板から眺める海面の遠くの方は真白に波立っているが、それはほんの上っ面だけの騒ぎであるらしい。騒騒しい海の上を行く船は知らん顔をして静静と進んで行く。海が荒れると云うのは又別の事だと云う事を教わった。

浪頭が船を取り巻いて騒ぐのは台湾へ渡る途中の東支那海でも見た。いいお天気で海のはて迄見える。しかし海のはてにはなんにもない。ただ晴れ渡った空の裾が水の上にかぶさっている丈である。その空の下に、私の乗っている大和丸の舷から、手近の海面、もっと向うの沖、その又先からなんにもない空と水の一条になるはてまで白い浪頭が続いている。遠い所は一つ一つのけじめがなく、一体に真白になっている。勿論どちらかの一方だけでない。右も左も前も後も浪頭ばかりである。そうして大和丸の外に船は一艘も見えない。ただ私共の乗っている大和丸の為に東支那海の浪がしなを造って踊って浪頭を白くしていると云う風に思われ出した。甲板の手すりに靠れて、滑稽な感じを抑えると云う遠慮もないから独りで笑った。私の船が通り過ぎて空と水の境目と境目の間にだれもいなくなっても、矢張り浪は白く踊り続けるのかと考えたら、今度は淋しい様な、料簡が解らないと云う様な気持になった。

四　うねり

東支那海の浪頭を渡った時も船はちっとも揺れなかった。海が荒れているのではなかったのである。横浜から神戸に行く途中、鎌倉丸が東京湾を出て、大島を左に見る頃から少し揺れる様に思った。夏の事で海の上が暗くなってからも人人は美しい燈火のついた甲板に集まっている。薄雲の切れ目に懸かった新月が浪の上に青い光を流している。右岸の燈台で明滅する燈が筋になって浪の上を走り、月の光を湛えた浪の列を横切っては消える。海の面は夜目にも油を流した様であるが、しかしゆるやかな高低がないわけではない。時時大きな舳先の浪を嚙む音がびっくりする程高く聞こえる。何か用事を思いついて、甲板を離れて下に降り、廊下を伝って自分の船室へ帰ろうとすると、どこがどう揺れていると云う事もなく真直ぐに歩く事が出来ない。廊下の両側に真鍮の棒の手すりが取り附けてある。歩きながらその右側につかまったり、左側を押さえたりして、はてなと思う。

五　岸打つ浪

沖の浪は大きくても次から次へと続いていて切れ目がない。自分の乗っている船が浪に揺られ、或は浪をかぶって浪の大きい事が解る。

前にも話した氷川丸は外に同型の姉妹船が二艘ある。大圏航路のアリューシャン列島に沿って行くので季節によっては大変海が荒れるそうである。氷川丸型の船は船体の大きさに比例して甲板の高さが水面に近い。大浪を受けた時、浪がすぐに甲板を洗う様にしてある。その方が船の安定の為にいいそうである。私は大圏航路の海も知らないし、太平洋の真中も印度洋も通った事がない。東支那海の白浪の様に船が通っても通らなくても、昼はさんさんと照り灑ぐ太陽の光の下に、夜は月光を流し或は星影を浮かべて、山の様な大きな浪がどこが切れ目と云う事もなく、水と空のはてまで立ち騒いでいる事であろう。又は騒ぐと云うのでなく、水の面は油を流した様になめらかで、ただむくむくと持ち上がり、なだらかな谷をおいて又その向うに膨れ上がり、しぶきも立てずに水のはてまで押して行くかも知れない。

沖の浪は岸に近くなると低くなる。岬の陰や遠浅ではそれに違いないが、鹿島灘、熊野灘、土佐沖等は太平洋が陸に近くなったと云う為に浪の勢いが静まると思えない。沖から寄せて来た大浪は陸地に近づき、ぶつかる相手が出来て却ってきおい立つかも知れない。横浜神戸間の様な沿岸航路の船が時時意外に揺れるのはその横浪を受ける所為かとも思われる。

風の吹く日にお濠の縁に起って眺めると、道端の砂塵を吹きつける風に逆らって、水の面がささくれ立ち、物物しい波が起伏する。お濠の水は動かないから波が流れると云う事はないが、持ち上がったりくぼんだりした凸凹のまま押して行って向うの石垣にぶつかる。道が折れてお濠の縁が直角になった所では、波の横腹を受ける側の石垣は水の高低に従って石垣の石がぬれて行くばかりであるが、まともに波を受ける向きの石垣には高さ一尺あるかないかの波が、烈しい勢いでぶつかり、石を嚙み、しぶきを上げて崩れる。

潮ノ岬や犬吠岬に押し寄せた大浪が巌を叩いて水柱を樹てる。水魔が燈台に攀じ登ろうとするかと怪しまれる。陸地があるから浪が猛り立つのである。陸地はかたくなであって甲板を低くして浪に逆らわぬ様にすると云う船の様なゆとりがない。

六　蒸気波

私は瀬戸内海に近い備前岡山の生れで、子供の時に見た海は、すぐ手の届く所に翠のしたたる島が浮かんで居り、その向うに四国の島山がどこ迄も尾を引いて延びている。水と空の外になんにもないと云う様な大きな海は見た事はなかった。尤も夏の朝早く海のもやが下りている時には四国路の山も見えず、鶏犬の声が聞こえるつい近くの島さえ、もやの奥に隠れる事はあったが、日が高くなるにつれて近い所から島も山も姿を現わす。そういう時の翠の島影、薄墨の屛風を立てた中に紫の色を湛えた象頭山《ぞうずさん》や屋島の山容は、澄み切った潮の流れに影を洗って、時がたつ程ますます鮮やかになる。

私の生家から海辺に出るには、一番近い所でも二里位は行かなければならない。その一番近い海は児島湾と云う小さな半島に扼《お》されて出来た内海である。周囲どの位あったか忘れたが、丸で泉水の様であって、しかしその中に竹島と云う築山ほどの島もある。湾の中に児島八景と云う昔風の名所もあった。岡山市を貫流する旭川がその湾に注ぐのであるが、この頃の様な五月雨時になると、旭川は度度大水になる。すると忽ち児島湾の海水は泥色に濁り、湾内の水嵩が増して大潮の様な事になる。今は開墾工事でその湾の奥の方から半分位も埋め立てたそうであるから、八景は三景か四景になっているだろう。

私が最初に知った海は児島湾の外海である。児島半島の外側の田ノ口港、備前の牛窓、備中の沙美寺へ海水浴に連れて行かれて、瀬戸内海を見た。児島湾にくらべると渺茫とした大海である。港に近く千石船が碇を下ろし沖の方を汽船が通る。磯に起って眺めていると、暫らくしてから足許の渚に寄せていた波が高くなり、急いで逃げないと足を洗われる。それを蒸気波と呼んで珍らしがった。蒸気船の航跡の波が浜まで寄せて来るのを汀に起って待っているのである。

七　長汀曲浦

昔から歌や俳諧の中で海を詠んだものを集めて見ると、海の上で海を詠んだものは少く、陸から海を眺め、海を思う吟詠が殆んど全部であると云う話である。日本の海が何倍にも広くなったこれからは、海に居て、海を詠み、或は海の上から島山を歌った絶唱秀吟がつぎつぎと出来る事であろう。

私なども海の事は余り知らない。手近かなところで船や浪に親しみ出したのもつい近年の事である。尤も余り知らないから、もっと海に親しみたいと云う憧れも生ずるわけであろう。

子供の時、学生時代の私の海はみな陸から眺めた海であった。中学生の時の夏休みに友達と談らって、明石ノ浦から須磨ノ浦まで磯づたいをした事がある。この頃汽車で通って見ると、あの辺りの様子も変わって混凝土《コンクリート》の土手が青松の枝を遮ったりしているが、その当時はまだ昔の風致が残っていた。友達と二人で岡山から汽車に乗って夕方明石に著いた。淡路島に向き合った浜辺の宿屋で風呂を浴び、それから晩飯を食べた。その宿屋にはその時から十年も前に父に連れられて泊まった事がある。朝、憚りに行って見ると中に畳が敷いてあって、しゃがんだ目の前に小さな障子が嵌まっていた。それを開けたら白帆の舟が走っていたのを子供心で覚え込んだ。今、中学生となって友達と二人で、その宿屋の御飯を食べた。泊まるつもりであったと思うが、どうかした機みで今食べた晩飯はいくらだと云う様な事になり、聞いて見るとびっくりする程高かったので、泊まればきっと帰りの汽車賃がなくなると云う騒ぎであったのだろうと思う、早速勘定をすまして、泊まると云ったのは取消し、それから二人で夜の浦伝いを始めたのである。本当は夜が明けてから浜辺を歩いて須磨まで行こうと云うつもりだったに違いない。

足もとのさらさらした砂が踏み立てる毎に後に崩れる。急ぐわけではないが、ちっとも道が捗らなかった。尤も少し上手《かみて》に上がれば道があるのを、わざと避けて波打際ばかり歩いたのである。右手に夜の淡路島を眺めて、頭の上を夜鳥が渡れば、みんな千鳥だと考えた。遥か向うに和田ノ岬の燈火が明滅している。夜の潮流が時時光り、人の足音に驚いた船虫の群れが走る音にこちらが驚いたりした。小いさな川が幾つもあったが、水の流れていないのもあり、流れていても浅いのは渡ったけれど、幅の広いのになると、水の深さも解らないから越す事が出来ない。そうすると上手に上がって道路の橋を渡る。その頃、学校で教っていた太平記の長汀曲浦の美文を心中に諳んじながら歩いた。明石から須磨まで大した道程でもないけれど、足許はわるく辺りが暗い為に、すっかり長汀曲浦の趣を味わう事が出来た様である。淡路島の東の鼻に月しろが出てから須磨の駅にたどりついた。まだ十二時頃であったと思う。駅の待合室でぼんやり夜明けを待った。

それから何年も後に、私が大学生の時夏目漱石先生が明石で講演をせられた事がある。夏休みで郷里に帰っていたが講演を聴きに私も明石まで出掛けた。先生の宿は私が子供の時に憚りから白帆を眺め、中学生の時に泊まらずに逃げ出した宿屋であった。何か知ら明石や須磨には思い出が残る。家並みや町の様子がいいのではなくて、その浜辺から眺める海の流れと、淡路島の姿が忘れられないのである。三四年前に基隆へ行く富士丸に乗って明石海峡を通った。船の右舷に見える須磨明石の磯辺の松林と、その後の空を切った鵯越《ひよどりごえ》や一ノ谷の翠巒《すいらん》を初めて海の上から眺めた。どうも勝手が違う様であった。少年時代の心に刻んだ景色を逆の方向から見る事になる。淡路島を背中にしては、纏まりがつかない様である。

三保ノ松原の上を飛行機で通ると、空から見た松林はげじげじが這っている様で、天女が見とれて降りたとは考えられないと云う人がある。三保ノ松原は下から見た風景なのであろう。これから後は空から見た風景と云う事も人人が考えるに違いない。それと同時に海から見た景色の歌や詩や俳句も次次に出来る事であろう。日本の海は広くなった。鳴神島、熱田島の北の果より、南はスマトラ、ジャワの海までみんな我我の日本語を以て詠み込む事が出来る。

（『報国』郵船海運報国会、一九四二年八、九、十月号）

Ⅲ

昭和16年7月15日、氷川丸船上座談会。右から三人目が百閒。左より三人目から柳田国男、林芙美子
（公財）岡山県郷土文化財団所蔵

新田丸座談会覚書

新造新田丸船中の座談会に就いて、社内のその筋から相談を受けたのは去年の暮に近い頃であったと思う。それから四ヶ月近く経過して、漸く四月十七日にその宿案が実現した。

私が相談に与かったのは、会社の嘱託ではあるけれどもその正体は文士である為に違いない。然るにこの文士は懶惰《らんだ》であって、文壇諸氏の会合に余り顔を出した事がないので、こちらから御乗船を願うと云って行く先先には未知の人も幾人かある。顔だけは知っているが、何か頼み事をするには交わりが薄過ぎると思われる人人もある。第一、座談会を成功せしめるには、ただ高名な人達を集めるだけではいけないであろう。お互の間の組合せを考えるとか、何等かの傾向なり系統なりに一脈関聯するか、又はその反対に在る人人を煩わす必要があるのではないかと思われる。そう云う分別は世間の狭い私には困難である。もう一つ大事な事は、仮にその座談会がうまく行ったとしても、席上の清談を海に流して、何の記録も残さぬやりっ放しでは我我の考えている目的とは少し違う。

それでこの計画を実現する為に文藝春秋社の協力を得たいと思った。私が出かけて行って幸いに同社の佐佐木茂索専務から快諾を得たので、その後も二三度行って色色打合わせた結果、大体船中座談会の肝煎りは文藝春秋社に一任すると云う事になって、かねての腹案に目鼻がついた。

人選は実際の招待数の略《ほぼ》三倍に達する人名表をこちらで作って、その表を文藝春秋社に持参し、その中から適宜に決定して貰う様に頼んだ。又その交渉も文藝春秋社を煩わした。ただその内の二三氏には便宜上直接に私からお話ししたのもある。そうして文藝春秋社から速記者を二名同船せしめて船中座談会の筆記を取る事になった。その原稿は同社の編輯部で整理した上、六月号の「文藝春秋」に発表される筈であるから、この雑誌が会員諸君の手に渡る頃には、新田丸座談会記事の載った「文藝春秋」は既に書肆の店頭に出ているであろう。

新田丸座談会は立案の当初から、文学者を中心にすると云う事になっていた。そうしてその通りに行われたのであるが、しかし席上の話題が多方面にわたる為、文壇以外の名士にも仲間入りして戴き度いと思った。乗船せられた下村海南博士、大倉喜七郎男爵、徳川義親侯爵はその側の名士である。杉山楚人冠氏も直接文壇に関係のある方とは云われないであろう。梅原龍三郎画伯、宮城道雄撿挍も文壇関係ではない。東京帝国大学文学部長今井登志喜氏と辰野隆博士は学者側であるが、辰野博士は文壇に関係がないとも云われない。

爾余の諸氏は皆文学者であって、その人選は文壇の中でもまた各方面にわたり、自分の関与した事を余り褒め立てるのは気が引ける様であるが、全く新田丸の門出を祝うにふさわしい豪華な芳名録が出来上がった。その中で久米正雄氏と佐佐木茂索氏は旧知である。川端康成氏にもどこかの会合でお会いした事はあるけれど、今度は食堂の席も近かったので色色お話しをする機会が多かった。横光利一氏にも面識はあるが口を利いたのは今度が初めてである。伊勢湾が浪の底から暮れて来る時分に、左舷の甲板で燈台の火を見ながら何をお話ししていたか知らと今考えて見るが思い出せない。里見弴、大佛次郎、吉屋信子の三氏には船中で初めてお目に掛かった。

新田丸の就航は私共が初めに聞いていたより凡そ半月ぐらい遅れたので、当初に御都合を聞いた時は乗船せられる事になっていた人人の内に、その後新らしい差支えが出来て不参せられた方が数氏ある。止宗白鳥、谷崎潤一郎、菊池寛、小林一三の諸氏がそうであった。

その代りまた意外の飛び入りもあった。十七日第一夜の座談会に大分調子がついて来た頃、船は遠州灘の浪を渡っていたであろう、右に記した諸氏の外に永島常務と小川船長が加わり、みんなが広く円座している真中のなんにもない所に向かって、一人の老紳士が歩いて行った。どうしたのだろうと思っている内に、後《うしろ》からだれか出て来て、老紳士を引き戻した。まあ君もそこに坐りたまえと云ったのは大谷社長である。社長はその少し前から我我のお仲間入りをして居られた。老紳士は山下亀三郎氏であったが、右に云った芳名録には載っていない。座談会に取っては思いも掛けない珍客であった。

（『海運報国』一九四〇年五月号）

新造

新造船新田丸の披露航海に私も乗せて貰う事になった。横浜の出帆は午後五時であるから鎌倉丸の時の様に前の晩から船にもぐり込んで寝て待たなくても十分に間に合う。それに時候もよくなって陽春四月のなかばは天地も海も明かるい。しかし私の外に十五人の名士、文学者、大学教授等が乗る事になっている。そう云う人人に対して私は郵船会社に関係があると云う点で、うっすらと主人側の立ち場にあると云う事になりそうである。自分ではそんな事はないつもりであるが、人から見れば少しはそうかも知れない。それで五時出帆のぎりぎりに上船するのはよくないだろう。船中の聯絡係をやって貰う為に私の秘書と云う名目で同船する事になった栗村盛孝君と一緒に随分早く家を出た。

岸壁に著いて見ると、上屋《うわや》の入口から紅白のだんだら幕を張りめぐらして物物しい光景である。碇泊中の披露のお客が今帰ってしまったところであろう。礼服に飾り徽章を著けた係の社員がまだそこいらに起ち列んでいる。その前を通って私は新田丸の舷門から入船し、案内所の前に起っていると後から呼ぶ者があるので振り返ったら、同勢の一人の徳川義親侯であった。二三時間も早く来た私よりまだ早いので驚いて挨拶した。一たん私の船室に落ちついて他の同勢の入船を待つ事にした。十五人の中の半分位は私の面識のない人人である。文壇関係の諸氏の中に特に知らない人が多い。新らしく来た人を私に知らしてくれる栗村の口から、まだ会った事のない人の名前を聞くと少しずつ憂鬱になる様な気がした。その内に何か用事があって船室を出て、もう一つ下の階のB甲板を歩いていると、廊下の向うからむっとした顔の紳士が歩いて来た。すれ違って会釈もしなかったが、また後でその人に出会い何となく顔を覚えているとそれが梅原龍三郎画伯であったり、同じ廊下で洋装の婦人を追い越して気に掛り乍らこちらから挨拶もしないでいると吉屋信子氏であったり、初めての人には色色気を遣った。

私はすぐ疲れるたちであるから成る可くじっとしていようと思ったが、矢っ張り何か知ら用事があって船の中を歩き廻った。前前から豪華船と云う触れ込みであったけれど、全体の印象は絢爛というよりも簡素である。金碧の色でなく白くて明かるかった。初めて乗った船ではあるが気持が落ちつかぬと云う事はない。ただこれから四日三晩一緒になる人人に久闊を叙したり、未知の人を引き合わせて貰ったりするのに骨が折れる。

夕日の美しい午後五時に解纜《かいらん》した。たった大阪までの航海であるが、又一万七千二百噸《トン》の巨船にお客様は招待された十五人の外は大して乗ってはいない筈だが、岸壁の見送りは大勢で賑やかである。私は見たわけではないけれど乗り合いの悪口によると、或る先生は見送りの令夫人がまだ上屋の二階から手を振っているのに構わずついつい御自分の船室に帰ってしまったが、翌翌日の午後名古屋港を出る時には見送りについて来た美しい人に別れを惜しみ、船が伊勢湾の波を蹴って遠ざかって行く後部甲板から、いつまでも手帕《ハンケチ》を振って止めなかったと云う話である。

横浜港を出た新田丸はさもさも軽そうな船脚で東京湾の夕波を切って進んだ。まだ海の上が一ぱいに明かるい観音崎の手前で、左舷に灰色の駆逐艦とすれ違った。駆逐艦の艦名を読み取れる位の近くであったが、波とすれすれに低く、非常な速さで走っている向うの甲板に起った大勢の人影が、こちらへ向かって頻りに手を振っている。こちらの甲板から私共が手を振ってはいたけれど軍艦がそんなに愛想よく答礼するのは不思議だと思った。傍の人にそう云ったら、我我に答礼しているのではなかろう、新造船を祝ってくれるのだろうと云った。その新造船の甲板に起っているのだから、自分が祝われている様な気がしない事もない。

その内に夜になって、美しい燈のかたまりが暗い遠州灘を走った。晩餐の前までに同乗の諸氏には皆挨拶を終わったから、もう気を配る事もない。船長卓の私の傍に宮城撿挍がいて、その前は川端康成氏である。杯をあげてお二人を交る交る見ていると、こちらが朦朧として来るにつれて、どちらがどちらだったか解らない程よく似ている様に思われ出した。

食後に別室で座談会があって、船長も同席した。大広間の長椅子に座を占めた船長の隣りに宮城撿挍がいる。間もなく撿挍はいつもの居眠りを始めたらしいが、同座の素人には撿挍が起きているか寝ているかは解らないであろうと思った。波も静かなものだから撿挍はすっかりいい気持になり、船長に靠れ掛かって本式に眠り込んだ様である。

翌くる朝早く名古屋港に入港した。同地の披露の為新田丸はその日一日桟橋に碇泊する事になっていたから、船中で何もせっつかれる日程はない。ゆっくり起きて一服していると栗村が這入って来た。同君は既に一度上陸して市中へ行って来たと云った。随分早いなと感心しながら、他の諸先生の消息を聞いて見ると、船中に残っている人は殆んどないらしい。お城班、動物園班、市中見物班などに分かれて、皆さん早くからお出掛けになったと云うので驚いた。文士諸氏はいつ迄も寝ているものと考えた私が古いので、朝は早くて団体行動の纏まりもいいそうである。その外に何とかリンクスへゴルフに行った組もあり、里見弴氏の一行は古著屋へ出かけたと云う話である。名古屋は徳川義親侯の御城下だから、船から名古屋へ無線電信を打っておれ達を迎えさせようなどと昨夜はみんなで面白がったが、今朝になって見ると殿様はとっくに御上陸になっている。私は人のいないのをいい事にして、一日じゅう船で欠伸をして暮らした。

晩は市中に宴会があったので上陸した。夜遅くなって港に帰って来ると、市中の家続きを離れてから道は真暗である。自動車がいくら走っても帰り著かない様である。その内に向うがぱっと明かるくなった。新田丸のイルミネーションが暗い波の上に大きな光りの塊りになって輝いている。傍まで帰ったが、その中へ這入って行くのが照れくさく思われた。

その夜は動かない船の中にまた排水の音を聞いて眠った。翌日の午後に名古屋港を出帆し、暗くなって熊野灘へ出た頃晩餐になった。明日は大阪へ著いて解散する事になっている。それで今晩はサヨナラディナーだと云うわけで、乗組んでいる料理教師の仏人ボーチジェが大変な御馳走をした。辰野隆博士が一同を代表してボーチジェ氏の部屋へ料理を褒めに行ったり、みんなで大判のメニューに署名し合ったり、賑やかに楽しんでいると、時時熊野沖の大きなうねりに船が乗ると見えて、遠方の地震の様に辺りがふらふらとした。

翌朝大阪の築港に著いて諸氏は下船し栗村も先に帰った。私は一人船に残ってぼんやりしていると、夕方になった。晩餐の時刻にはいつもの通り、オルゴールの音が廊下を通った。その前に私は船の係に向かって、自分には相客もなし、外に船に残った人もいない様だから、食事は二等食堂へ出てもいいと申し出たが、それには及ばない、普通の通り一等食堂は開いているとの事であった。

それでオルゴールの音を聞くと自分の部屋を出てもう一階上の遊歩甲板に上がり、一等食堂へ歩いて行った。入口には銀ボタンの制服を著けた司厨や白服の給仕が整列して這入って来る者を迎える。私はその前を通って中に這入ったが、昨夜まで何とも思わなかった食堂が馬鹿に広い。真中辺りに用意してあった私の食卓に坐って、ぐるりを見廻すと、驚いた事にお客は私一人の外だれもいない。しかしあちらこちらに白服の給仕は二人又は三人列んできちんと起っている。みんな私の方を見ている様に思われる。新田丸の一等定員は百二十七人であって、食堂にはそれだけの座席がある。又船のテーブルは時化の時の用心の為に床に固著さしてあるから、不用の場合でも取り片附けると云う事は出来ない。百二十七人の大食堂に私一人が著席して、百二十六人分を残したから周囲が森閑としている。壁面に散らした蝶貝の象眼がいやにきらきら光る様に思われた。

勇気を振るって食べ始めたが、匙の上げ下ろしにも、辺りの空気に大変な波動を起こす様な気がした。こう云う荘厳な目に会ったのは生まれてこの方余り経験がない様である。思い切って麦酒をぐっと飲むと、給仕は附きっきりだから、すぐ注いでくれる。それで又飲むと又注いでくれる。少しずつ座のまわりが柔らいで来て、壁面の蝶貝もさっき程鋭く光らない様であった。

（『大洋』一九四〇年十一月号）

氷川丸座談会覚書

六月末の暑い日の午後、郵船の私の部屋に朝日新聞社会部の記者が訪ねて来た。逓信省の提唱によって、本年から七月二十日を「海の記念日」とする。その制定第一年の催しとして来たる七月中旬横浜から神戸に向かう氷川丸の船中に座談会を開きたい。それで私にも出席しろと云う事であった。

その話は前前から知らなかったわけでもないけれど、改まって招待を受けたのは当日が初めてである。来訪の記者には社内で相談した上、確答すると云う事にした。

出席諸氏の名前を私に見せたが、知らない人の方が多い。それは構わぬけれど席上の司会を私にやってくれと云うので当惑した。向うでは是非そうして貰いたいと云うのだが、私の意向に拘らず既にきめて来ている様なところもある。話していても汗が流れる様な暑い際ではあり、それならそれでいいと諦めた。もし私が乗船する事にきまった上は更めてその件を打ち合わせようと云う事にした。

社内で相談して見ると、私は行く事になっている様である。それで一両日後に朝日新聞社会部へ承諾の返事をした。

七月十日過ぎの矢張り暑い日の午後、今度は朝日新聞の企画部長と社会部の次長と先日の記者とが打合せに来た。司会の一件は有り難くないけれど止むを得ないと思った。船中座談会に就いては新田丸就航の時に経験がある。何とか纏まるだろうと腹をきめた。十五日正午出帆なので、座談会出席の諸氏は当日午前十一時迄に上船すると云う事になった。私は前日の夕方から船に入って先に一晩泊まった。碇泊中の船のベットで寝るのは今度が初めてではない。夜が更けるに従って排水の音が色色の趣に聞こえる。翌朝支度をして、そろそろ部屋に出て見ようかと思う頃になると廊下がざわついて来た。乗船するのは座談会の諸氏ばかりではない。

喫煙室に一かたまりになった人人の中に顔見知りもある。そこへ行って挨拶した。初めての人には紹介された。出席諸氏の芳名は本誌八月号の記事に載っているから、本稿では省略する。

出帆してから間もなく座談会を開き、午後中続けた。一人一人のお話しに随分長いのがあって、司会者は手持無沙汰であった。新聞社の人と相談してそれはその儘拝聴する事にした。席上の司会よりも、後で速記原稿を整理する時の手加減の方が、この座談会記事を数日にわたる新聞の連載読物とする目的から考えて大切な様である。

賑やかな晩餐を終わってから又喫煙室に集まった。午後の席上と違い今度は話しがはずんで面白そうであった。その代りあっちにもこっちにも話題の中心が出来て、速記する側は困ったであろう。永島常務の発案で用意してあった小さな酒樽が出て来た。海と船にゆかりの住吉神社へ奉納するお賽銭や願文を入れて、明朝本船が大阪湾に入った時浪に流そうと云う趣向である。みんなが何事か認め又ポケットから蟇口を取り出し、暫らくは大変な騒ぎであった。樽の鏡に柳田氏が奉献の辞を書き、まわりには銘銘が名前を記した。

大分夜が更けて海が荒れて来た。紫色の稲妻が暗い浪の上を走っている。舷に崩れる浪の音にかぶさる様な雷鳴が聞こえて来た。大粒の雨が窓から見える甲板を敲いている。その中でもまだ席上の歓語は尽きなかった。

（『海運報国』一九四一年一〇月号）

婦人接待係

見出しは婦人ヲ接待スル係の意味である。婦女接待係とすればこの様な説明はいらない。婦女誘拐者と聞いて、人を誘拐する女かと思う者はいない。世間の言葉の混雑と、女の思い上がりで、この頃は往往婦人と云う言葉を変なふうに遣う様である。女自身で、私達婦人はと云ったりする。この言葉は見出しの様に使うのが正しい。婦女接待係としては失礼な感を伴なう。しかし婦人がその係になって私を接待してくれたのではなかろうかと思われるので、その点を明きらかにする為、蛇足を冒頭に持って来て蛇頭とした。

新造八幡丸は土佐沖の暗い大波を乗り越えて、亡年八月二十四日の朝早く神戸に入港した。尤も私はその事を経験したわけではなく、船室に朝遅く目をさまして見たら、岸壁に著いていたので、その前に入港したに違いないと推測したのである。

午後は船中に甘木教授の来訪を受けて、丸半日話し込んだ。甘木教授は今は神戸にある大きな会社の監督課長と云う人に好かれない役目に就いている。酸素を造るのが商売だそうであるが、造ると云っても空中にあるのを集めて金を儲けるに違いない。無暗《むやみ》にそんな事をされては、こちらが息苦しくなると申し入れておいた。集めた酸素を容れ物に入れて売り出す。中身は三円か四円ぐらいで容れ物は百五十円もするそうである。お買物には容れ物をお持ち下さいと云うこの頃の商売道の極意である様にも思われる。商売の話は兎も角として、お互に語学教師をしていた初めの頃から数えると二十年近くの歳月が流れている。学生の飛行練習のお先棒をかつぎ、しょっちゅう飛行場に出かけたり、一緒に飛行機に乗ったり、その飛行機が濃霧に迷って、どの辺りだか見当のつかない山の中腹から横向きに生えた大きな松の樹の枝に手が届きそうな所を飛ぶ様な目に会ったりしたのも既に十年の一昔である。古ぼけたおやじになって仕舞ったが、しかしお互によくもつ物だと云う事を感嘆し合った。

夕方に上陸して、神戸へ来ると必ずよばれる所へ出かけた。主人は私の幼友達であっていつも同一人であり、場所もきまっている。この頃はしょっちゅう神戸へ行くのでその家も馴染みになった。まだ明かるい内は座敷に坐ったまま少し離れた目の下を通る高架線の汽車が見える。神戸の方の汽車には汽缶車がついているので、ぽっぽっぽっと云いながら走るのを見ると子供の時分に返った様な気がする。その音を聞いて食べかけた御馳走の箸を置き又は麦酒のコップを飲みさしにしても通り過ぎる迄見届けないと気がすまない。

それで八幡丸神戸在泊の第一日が終わった。私は本船に乗り込んで来る筈の林芙美子女史を待っているのである。

次の日は朝から荒れ模様で時時大雨が通り、止むとその後が蒸し蒸しした。京都に用事があったのだが、自分で電話を掛けるのが面倒だったから、打ち合わせもせずに出かけて行った。京都駅から大雨の中を自動車を走らせてその家まで行って見たら留守であったので、すぐに帰って来た。途中で天気がよくなり、それで気が変わって大阪に途中下車した。港区の親戚の家へ行って、主人の歯科医に蕎麦を食いに行かないかと誘ったら、今下痢中だと云った。それでは駄目かと云うと、いや一緒に行く、しかし自分は食わないと云った。外へ出てから、折角行っても、見ているだけではつまらないではないかと云うと、いや食う、ああ云って置かないと家の者がうるさいと云った。

その蕎麦屋も馴染みであるが、こっちだけが馴染みで向うは知らないだろう。暑い時だったから釜前の方がずっと見通せる。東京で云うもりを五はい誂えたのに、奥の方では頻りに丼を振り舞している。間違ったのではないだろうかと云うと、ああやって一人前の分量を計っているのだと歯科のドクトルが云った。変な事をすると思ったが、全くその通りで、丼に摘まみ入れた蕎麦を更めて蒸籠《せいろ》に移している。そんな事をするから、持って来た蕎麦は初めから縺れていて、箸の先でこちらの思うだけ軽く取る事が出来ない。腹下げは沢山たべては悪いに違いないから、私が四つ食べて外に出た。

また雨が降って来たので、急いで大通に出てタクシーを呼び止めた。運転台の窓からこっちを向いて、承諾の相図をしたに拘らず、いつ迄も徐行を続けて止まらない。一町も先の道傍にやっと停止したのを雨に濡れながら追っ掛けた。なぜ止まらなかったかと詰《なじ》ると、さっきの辺りは歓楽境に近いからお乗せするわけに行かないのだと云った。それで車を一町も先まで持って行き、お客を雨中に走らせると云う事は、規則づくめが好きな私の気に入った。走り出してからまだ色色と八釜しくなった話しをしているのを聞いて、雨滴が筋になって流れる洋服の袖を手帕《ハンケチ》で拭きながら胸のすく思いがした。船に帰ってその日も暮れ、八幡丸神戸在泊の第二日を終わった。林女史の上船は明二十六日の予定である。

夜が明けて見ると非常な風雨である。海岸通を走っていた自動車の前硝子が飛んだと云う様な話を聞いた。私は林芙美子女史の入船を待っているのであるが、女史の雷名はかねてから承っているけれど未だ柳眉を拝した事がない。しかし私の乗っている事は御承知なのだから乗船されたら独りでに解るだろうと思った。

午後になって風雨は一層烈しくなったが、八幡丸は三時出帆の予定なので、昨日一昨日と違い船中の人の往き来が繁くなって、廊下に出ると無暗に人に擦れ違うから、部屋の中に引っ込んでいた。

昼餐の時、私の席の後で女の声がした。この方は自分の見送りに来たのだが、ここで一緒に食事をしたいと思うと云う様な事を云った。食堂ボイが拝承して、食卓の用意をしている気配である。不行儀の至りだとは思ったけれど、私は後を振り返って見た。洋装婦人が二人いる。しかし林さんだと云う認定はつかない。仮りにそうだとしても、二人いるどちらがそうなのか、ちらりと後を盗み見しただけでは判然しない。まともからじろじろ眺め、更めてお名乗りを願う可き筋合でもないので、何だか気にかかり乍ら後方の嬌声を聞き流した。しかし洋装のどちらからその声が発せられたかは判断するわけに行かなかった。

食後甲板から港外を眺めると、白い波頭が一面にささくれ立って、真白に見える。防波堤を躍り越えている大波の姿も物物しい。これで沖に出たら、面白いと云う所を少少通り越すであろうと案じた。下に降りて案内所《インクワイアリ》で林さんの事を尋ねて見ると、上船せられたと云って部屋の番号を教えてくれた。それでは矢っ張りそうであったのかと思ってその部屋へ行って見た。さっきの通り二人の洋装婦人がいた。しかし今度は見誤る事はない。まともに挨拶して見れば、写真やなんかで何時と云う事なしに見覚えた林女史がそこにいる。お連れはどこやらの女優だと云う話で紹介されて暫らくその儘話し込んだ。

突風の為に岸壁を離れる際の面倒を慮って、船は六時出帆と云う事になった。船が出てから林女史と晩餐の席の相談をしたが、私との二人卓にするとの仰せなので、その様に用意させ、私は今迄の同卓から離れた。従ってボイも変わったのであるが、麦酒は十分に持って来る様にと命じておいた。これ亦接待係の執務の一端であると考えた。然るに女史はそんなに召し上がらない。文献によればそんな筈はないと私が云っても、そう云う事は訛伝であると云われた。翌日名古屋から婦人雑誌関係の諸嬢が六人上船し、矢っ張り我我とは目のつけ所が違うと見えて、皆さんで船内の洗濯設備や料理場、食堂の衝立の後等を巡視せられた際に、ボイの溜りに懸かっている黒板に大きく内田百間氏麦酒これこれ用意の事と書いてあったとか云う話で、私一人がその様な汚名を著た事は係の職責上とは云え心外の至りである。

大変困った事は本船はまだ神戸港を出たばかりであって、右の編輯諸嬢の上船は明日の事である。その上でますます私の任務を発揮しなければならない。夜は月がいいと云って寝ているお嬢さんを電話で無理に起こしたり、少し気分の悪いと云う人に無理に香のする飲物をすすめたり、お土産を差上げたり、それは私が進呈するのではないが係として記録する必要はある。清水湾の夕凪にその日卸ろし立ての五十九噸《トン》の新造ランチを浮かべて、皆さんと一緒に八幡丸のまわりを半周して見たり、いろいろ未だ仕事は残っているのであるが、最初に林女史を待つ為、便便と二日を費やして、もうそう云う事を書いている暇がなくなった。暇はこちらにはあるけれど、「大洋」が出帆しそうになって今すぐここで切らなければ間に合わない。切に皆さんとの再会を期す。

（『大洋』一九四一年一月号）

沖の稲妻

沙市《シアトル》航路復航の氷川丸は七月十四日正午に横浜から神戸へ向かう筈であったが出帆が一日延びた。二三日来の大雨の為に荷役が出来なかった為である。

その通知を受けたので私も予定を一日延ばして、十四日の夕刻に上船した。正午出帆の船には前日から乗っていないと安心出来ない。毎日の身支度に人並み外れた手間がかかるので、それが永年の事だから自分の弱身をよく承知している。馳けつけて大変遅くなりましたと挨拶出来る場合はいいが、船が沖へ出たところへ来て、桟橋でばたばたしても始まらない。出る前の船の中に眠る経験は今度が初めてではない。尤もそう云う我儘の出来るのは私が郵船会社にいるからなのであって、この事をあまねく広告し同好の士を誘う様な事になったら、船では大変迷惑するであろう。私一人でも厄介なおやじが前晩からもそもそ這い込んだと云う趣がある事は疑いない。

大きな船に余り人気はない様に思われたが、旅券の都合で船内に止まっている外人客も少しはいる。薄暗くなりかけた甲板を急ぎ足に通り過ぎて、どこかへ消えてしまう。

まだ雨が残っていて、時時人のいない桟橋の上を雨脚が走った。遠くの岸の燈りは雨でぼやけて、一つ一つの輪郭がはっきりしない。薄闇の中に煙突と煙が見えると思うと、その煙が真赤に焼けて焔の様になった。そうして又暗くなった。

夕食は簡単に部屋ですませるつもりであったが、同じ事だから食堂に用意したと云う案内なので出かけた。七十幾人の席のある一等食堂に私一人である。一人よりもなおいけない事は、私の手鞄を携げて見送りについて来た伜がお相伴に招待された。新田丸でも百二十七人定員の一等食堂にたった一人で著席した事があるが、こう云う事は甚だ申訳ない。しかし船はまだ桟橋についた儘で動かないけれども自分の今いる所は波の上である。ふだんと違った気持がする。折りさえあれば海の上に出たいと思う日頃の念願が既に叶いかけた初まりである。司厨と色色話しながら、随分長座をして、起ち上がって見たらもうすっかり船に乗った気分になっていた。廊下を歩くと少し横揺れがしている様であったが、碇泊中の船がうねりに乗るのも可笑しい。

伜を帰らして私は船室のベッドに寝た。夢は舷側の円窓の如くに円かな筈であるが、動く可き物が動いていないと云うところに何処か喰い違いがある。朝遅くまで長い時間眠り続けたけれど、夜通し桟橋を嚙む小波の音を聞いた様に思われた。

夜が明けて見ると矢張り舷や桟橋に雨が降りしぶいている。朝日新聞の「海の記念日」の座談会に列する為に乗ったのであって、おひる前になると同座の諸氏が続続と上船して来たらしい。初めの内は自分の部屋に隠れていたが、いつ迄もそうは行かないので顔を出した。喫煙室を覗いて見ると顔見知りの人も来ている。挨拶したり紹介されたりしている内に時刻になって、船は桟橋を離れた。

昼餐の後に座談会が始まったが、船中の座談会は私には二度目の経験である。この前は新田丸の就航記念の座談会に列席した。他に約束があるので中座するとか、もういやになったから家に帰るとか云う事がないので、船の座談会はいつでも長たらしい。今度も午后二時前から集まって、お茶の時間もその席ですまし、到頭夕方の六時迄立て続けに話し合った。その間に船は東京湾の出口から、左舷に見えた大島を後にして、相模灘を過ぎている。横から降りつける雨を受けて、大きな船体が大分揺れ出した。

明かるい晩餐の同卓に青い顔をしている人がある。お気分が悪いかと聞くと少し酔ったらしいと云った。早くお酒を飲んでそちらに酔う方がよろしいとすすめながら、私も杯を挙げた。向うの窓に浪が一ぱい映ったり、空ばかりになったりする。雨雲が垂れてはいても暮れ難い夏空の薄明かりを限った窓に、空と浪が入れ変わるのを眺めるのは余りいい気持でない。しかし一寸気を変えて見ると何でもない。時時舳先の切り分けた大きな浪が真白な泡の筋を引いて窓の薄明かりに持ち上がって来る。辺りの海も広くなったのであろう。又うねりも余程高くなった様に思われる。

晩餐の後は纏まった座談会と云う事でなく、みんなで喫煙室に集まった。喫煙室にはバアがある。その前にテーブルをうまく列べて、矢張り同座の諸氏が顔を合わせた。食後のリキュールが出ているので船の揺れるのは気にならない。私ばかりでなく皆さんそう云う様子であった。尤も中には海軍の人や捕鯨船の船長さんもいる。そう云う人人の平気なのは当り前である。さっき食卓で酔いかけた人も今はもう何ともないと云った。昼間の本式にやった座談会よりは話しがはずんで時のたつのを忘れた。

その間に一度下へ降りて自分の船室に行って見ると、部屋の真中にあるテーブルの上に置いた花瓶が洋服箪笥の前の床にじかに下ろしてある。又氷水の這入った魔法壜もテーブルの上から洗面台の凹んだ中に移してある。ボイが用心の為にそうしてくれたのだろうと思った。

又喫煙室に出かけて、皆さんの仲間入りをした。途中廊下が真直ぐに歩けなかった程の揺れ方である。しかし一座の歓談はますます調子に乗って尽きるところを知らない。その内に何だか外で光った。頭の上の明かるい電燈の光を貫いて横から鋭く眼を射た。最初は半ばほかの事に気を取られてよく解らなかったが、続けて同じ物が光った時に紫色の稲妻だと云う事が解った。私は雷は余り好きでない。この様な沖に出て雷に遭うのは生まれて初めてである。まだ雷鳴は私の耳に聞こえないけれど、こんな烈しい稲妻がする位なら鳴っているに違いない。しかし同座に雷の話しをしている人もないから黙っていた。その内に浪の上から響き返って来る様な鈍い雷鳴が聞こえた。怖いには怖いが、今迄恐れて来た雷とは勝手が違う様である。山雷が山に鳴り渡って、山全体で響き返す趣はない。しかし水を走る稲妻の凄さは雷の音以上に無気味である。暗い窓の外を色の濃い稲妻が続け様に明滅する。

いつの間にかお開きになって私は船室へ帰った。余り辺りが物凄いので一寸甲板に出て見ようとしたが、横なぐりの雨で足下が危い。烈しい船の動揺の為によろめいてそこにいた司厨に抱き止められた。

部屋で暫らく司厨と話した後ベッドに上がった。横になって見ると船の動揺が一層よく解る。昨夜は動く可き物が動かないのを物足らず思って眠ったが、今夜は動き過ぎる。しかし寝心地はいい。すぐに眠り込んでしまった。

真夜中頃に大変な物音がして目が覚めた。花瓶と魔法壜の事を思い出して、寝たなりその方を見たが、どちらも無事である。それでは何処か外の部屋の物音であろうと考えて又寝かけた。直ぐにも眠り込みたい程眠いのだが、汽笛の音が気に掛かった。二三分おきに鳴っているらしい。大変な豪雨か濃霧の為であろう。

暫らく眠ったらしいが、矢っ張りさっきの物音が気になった。もう一度よく目をさまして考えて見るに、よその部屋の物音がそんな手近かに聞こえるわけがない。今度は半身起き上がって見ると部屋の真中のテーブルが引っ繰り返っている。尤も途中で椅子に支えられて傾いたなりに止まっているけれど、上に載っけてあった灰皿やシガレットケースや本などをみんなベッドの下に投げ出したらしい。起き直って片附けるのも面倒だから、その儘寝る事にしたが、又汽笛の音が気になった。枕許の時計を手に取って見ると、二三分おきに鳴っていると思ったのは間違いで、実は二十秒毎にぼうぼうと無気味な音を響かせている。枕の下に恐ろしく大きな浪を切り分けて行く舳先の水音が聞こえる様であった。

うつらうつら眠り掛けた浅い夢の中で浪とすれすれに垂れた雨雲の中に響き渡る汽笛と大浪の裂ける水音がいつ迄も続いている。カーテンの外の暗い水の上を沖の稲妻が横に走っているのを見た様に思われて又目がさめかけた。

（『改造』別冊時局版21　一九四一年八月号）

虎を描いて

一

　さて皆さん日日こんなに寒いから、じき春になるでしょう。それを楽しみにかじかむ手先を火桶にかざしながら、この稿を案じているところです。

　前前号では猫一匹の事にて読者をお煩わせ申したが、絵画について見ると我国にも泰西にも猫を描いた名画は数数伝わっている。猫一匹などと片附けられるものではない。そもそも猫をかくより虎をかいた方がえらいと云う事はないだろう。猫なら猫、虎なら虎、どっちを描いてもその描き方、描く心構えによって事は決する。

　ところで今度は机の向きを変えて、実在の人のお名前が出て来る話の筋を綴りたい。一体こう云う稿で人名を挙げて文を進めるのは成る可く避けた方がいいので、もとから私はそう思っているから、出来る事ならそう云う方へ文勢を導かない様に心掛けているが、それを敢えて今度は実際にいた人、又は現存している人の名を話の筋に織り込もうと云う。或は猫をかいたより文品が下がるかも知れないけれど、努めて猫に劣らぬ様に心掛けたい。

汽車は昔の一等車、夕方暗くなってから下ノ関に著いた。ホーム伝いで当時の山陽ホテルに行かれる。ホテルの部屋は前から予約して取ってあるから心配はない。荷物は簡単な手廻りの外に麦酒半打《はんダース》、ホーム続きだから赤帽が運んでくれた。

開戦にはまだ二三年の間があったが、すでにいろんな物が不自由で、麦酒なぞ思う様には飲めなかった。それでわざわざ東京から下ノ関くんだりまで持って来た。尤も今降りた汽車には神戸から乗ったので、神戸までは郵船の浅間丸だったか鎌倉丸だったか、今一寸はっきりしなくなったが、どちらにしろ一万七千噸《トン》の大きな船である。麦酒の六本ぐらい邪魔にはならない。持ち運びはだれか人が手伝ってくれる。

その六本も家から持ち出した儘ではない。家に麦酒が有るには有ったが、私の好きな麦酒ではない。一般にはうまい麦酒と云う事になっているが、そのうまいと云うのが私には気に入らなかった。うまいのがいやなら、まずいのが好きかと云われては困るので、うまいと云われるその味がいやなのであった。つまり淡味の口を好んだ迄の事である。

私の家から、東京駅へ行く途中の知人の所に、私の好きな淡味の麦酒がある事を知っていたので、その家の前にタクシーを停めて麦酒六本の取っ替えっ子をして貰った。

首尾よく交換を果たして揚揚と東京駅へ向かった。横浜から船に乗る為、汽車だったか電車だったかに乗り込んで、その麦酒を網棚に載せ、いよいよ下ノ関までの運搬を開始した。

　船の中で一晩寝たが、晩餐の時の麦酒は船内のサアヴィスで間に合うから、持って来た六本に手を著ける必要はない。

　勝手な我儘を言い募ると思われるかも知れないが、無いとなればなお欲しくなる外道《げどう》の根性で、段段に窮屈になって来た事情の中に、是が非でも麦酒を探し出して飲みたいと思い詰めた当時の事を書き綴り、「タンタルス」と題して私の本のどれかに収めた旧稿があった筈である。

　その六本を携行して山陽ホテルに乗り込んだ。用意してあった一室に落ちついたが、夕食の時間は少し過ぎているけれど、私はまだ済んでいない。ホテルに著いてからを楽しみにして、汽車の中ではお行儀よく何も口に入れなかった。ホテルの食堂の時間がすでに過ぎているのは仕方がないが、バアももう閉まっていると聞かされて少少失望した。しかし安んぜよ。我に半打《はんダース》の携行あり、受持のボイに東京から持って来た麦酒の事を話し、その処置を相談した。

　お風呂を召していらっしゃる内に冷やしておきますと云う。もう夏で暑いから、その儘では飲めない。それでは半分、三本だけそうしてくれと頼んでおいて部屋のバスに這入った。

出て見るとテーブルの上に簡単な皿盛りの御馳走を用意し、麦酒を冷やして待っていた。今の間によくこんなに冷えたねと感心すると、三鞭酒《シャムパン》を冷やす要領で冷やしました、と得意そうであった。

それで御機嫌よく一献して、さて寝ようと思う。ボイが来てベッドの上に不思議な蚊帳を釣ってくれた。ベッドの脚もとまですっぽり被《かぶ》さる円い大きな蚊帳で、天井は円錐形になっていて、その尖端がベッドの傍の壁の隅に引っ懸けてある。

珍らしいけれど、一体蚊帳が必要なのか、と尋ねたら、海岸沿いは蚊が多いのですと云った。

夏の夕餉《ゆうげ》のお膳の上に、始めるまで被せておく蠅帳《はいちょう》の様な恰好である。その中に這入って寝て、何だか自分がお膳の上の御馳走になった様な気がした。

翌朝目がさめたら、昨夜は窓にカーテンが引いてあったし、寝る前一寸片手でたくって見た外は、沢山の燈火がそこいら一ぱいに散らかっていただけであったが、今見ると窓のすぐ向うが関門海峡で、美しい波が光りながら流れている。その波を押さえて、大きな白い夢のかたまりの様な船が碇泊している。昨夜からいたのか、昨夜の内に造船所のある長崎から廻航したのか知らないが、その船に乗る為に私はここまで来たので、白い夢の塊まりは新造八幡丸である。

私は今日の夕方その八幡丸に乗り込み、十四日かかって、あっちこっちの港に寄航しながら横浜へ帰る。その間の船中でも、またこうして陸路下ノ関まで来た途中でも、随分いい目を見ているが、それは後年企てた私の阿房列車の旅と違い、いくらか職務上の旅であり、航海であったと云う意味もある。私は当時日本郵船の嘱託であった。

二

その日の夕方、暗くなってから、門司港のランチで八幡丸に乗り込んだ。蒸し暑い晩で、ランチを待つ間、見送りに来てくれた昔の学生城川二郎君と岸壁にしゃがんでいたが、足もとに波が打ち寄せ、海風が吹いているのに、暗がりで頸筋に汗がにじんだ。

ところが白い夢のかたまりの明かるい本船に一足踏み込むと、何となくさらっとした気持で、肌がすがすがしくなった。当時としては珍らしかった冷房装置が施してあるからで、しかし勿論船内一帯が涼しくしてあるわけではないが、廊下に這入れば船室の開けたてで、自然冷気が流れているのだろう。さっき迄の蒸し蒸ししたいやな気持は一どきに拭い去られた。

その晩、八幡丸は抜錨して神戸港に向かった。後で聞いた話だが、航路は勿論瀬戸内海を行く筈である。ところが出帆前になって、門司港から乗り込んだ水先案内と船長とが話しが合わなくなって、喧嘩をして、水先案内が下船してしまった。或は船長が降ろしてしまった。

瀬戸内海はああ云う所だから、大きな船は水先案内がいなければ通れないだろう。水先案内を下船させて、船長はどうするのかと云うに、船長の判断で八幡丸は瀬戸内海を通らない。四国沖の太平洋を廻る。そうして紀淡海峡から神戸に入港する事になった。

それでいいだろう。神戸へ行くのは同じ事である。ただ四国沖を廻れば瀬戸内海を通るよりは航行距離が何倍も遠くなる。神戸入港の時刻は予めきまっているから、著くには著いても余り遅れてはいけないだろう。

ところが四国の沖を廻っても、船長はその予定時刻通りに、八幡丸を神戸に入港させた。だから門司を解纜《かいらん》した後、豊後水道から四国沖に出た八幡丸は、すごいスピードで太平洋の大浪を乗り切ったに違いない。

冷房の利いた船室でいい心持に寝込んでいた私が、何時頃《なんじごろ》だかわからないが、多少夜半か明け方近くだったろう、自分の寝ている寝床《バース》ごと小山を乗り越えて行く様な気がしたのは、浪が荒いと云う室戸岬の沖のあたりを通っていたのだろう。

素人が何も知らない癖に、船長の判断がどうの、水先案内が喧嘩をして下船したのなどと云うのはよくない、と云う事を思い当たる経験がある。

嘱託として入社した当初、亜米利加から帰って来た鎌倉丸が、一たん横浜に入港した後、その航路の終点になっている神戸まで行く。新嘱託はこれに便乗して、横浜神戸間の航海を楽しんだ。

暑い夏の日であったが、海の上に夕風が吹き始める頃出港して、外洋に出たら間もなく浪が暮れて来た。そうして翌朝目がさめて、甲板に出て見るとすでに淡路島を左うしろに残して神戸に入港しようとしている。

昨日横浜の埠頭で見た亜米利加の真白な大きな船も前後して出て来たと見えて、本船と並んだ位置で矢張り神戸港外に泊まっている。

あたりは実にいい景色で、すがすがしい風が吹き渡り、その亜米利加の白い船を眺めると目が涼しくなる様であった。

鎌倉丸はスピードを落として、防波堤の切れ目から中へ這入って行った。そうして向うに見える岸壁へ巨体を横著けにする筈であった。

ところがその岸壁に近くなった所で、船首を横に振って見当違いの方へ行き出した。おやおやと思っている内にすっかり方向を変えて、又防波堤の外へ出てしまった。

入港間際なので同船の船客も大勢甲板に出て港の方を眺めていたが、本船が港外へ逆戻りしたので、どうしたのだ、どうしたのだと少しざわめき出した。

すがすがしい風が吹いていると云ったが、海の上ではそうでも、陸では大分強い風だった様で、特に岸ではひどく吹いたらしい。横から吹きつけるその強い風の為に、鎌倉丸が岸壁へぴたりと著くには少し工合が悪かった様である。

それで一たん外へ出て、更めて這入りなおそうと云う事になったのだろう。

ところがそれが一ぺんだけでなく、這入りなおしたかと思うと、又前の通りに船首を横に振って後戻りして、外へ出てしまう。

私には勿論初めての経験なので、大きな船が癇を起こした様に一つ所を行ったり来たり、出たり這入ったりするのが面白かった。こちらは別に急ぐ事もない。ゆっくりやりなさい、何べんでも、とけしかける様な気持で眺めていた。

結局何度目かにうまく行って、鎌倉丸は立派に横著けになった。

東京へ帰ってからその時の航海の記事を原稿に書き、雑誌に発表した。鎌倉丸と云う一万七千噸の大きな船が、防波堤の中へ這入ったり、又出たり、随分面白かったと云う私の興味で筆を進めた。

それが郵船本社のその筋で問題になったと云う事を後で聞いて、済まなかったと思った。私の文章が問題になったのではない。私が書いた通りの事があったとすれば、船長の操船に疑問があると云うので、後に船長から事情を聞く事になったとか。

だから、よく知りもしない事を面白がってはいけない。気がつかない所に差しさわりがある。

三

四国の沖を廻って来た新造八幡丸は神戸港の岸壁に横著けになっている。横浜まで十四日も掛けて行くと云うのは、この前の新田丸に次いで進水した本船を沿岸の寄航地で披露しながら帰って行くからで、神戸はその一番目の港である。

横著けになって碇泊している本船へ、ぞろぞろ大勢の人が見物に来た。船内でおもてなしをするお客もいた様である。嘱託なりといえども、私はその方には御用はなかったが、別の任務がある。

この披露航海に乗船される様、船客課から御招待申した林芙美子さんが、神戸から乗られる筈である。私は同じ仕事仲間の一人としてこの航海中お相手を承る事になっている。まだ一度もお会いした事はないが、別に気に食わない人柄でもなさそうである。よろこんで会社の意嚮に応じる事にした。

林さんが招待を受けて乗船する事がきまると、船客課担当の重役永島義治さんは課員に林さんの全著作を買い集めて来いと命じた。

どれだけ集まったか知らないが、ないのもあったか知れない。手に入っただけの林さんの著作を永島さんは片っぱしから読み始めた。

御自分も乗船する事になっていたその前日までに、まだ有名な作品の中で読み残したのがあって、その晩はそれを読む為に徹夜したと云う話であった。

しかしそうして林さんの著作に出来るだけ目を通して、その上で当の作者に会った時、話題として読後感でも持ち出すのかと云うに、決してそうではない。永島さんが林さんと会った席には、いつも私は同座していたが、一度もそんな話は出なかった。

永島さんが云うには、こちらから高名な作家を御招待しておいて、そのお作を何も読んでいないなどと云う、そんな失礼な話があるものではない。試験勉強の様な事で相済まぬが、そうしてでもお作に接しておくのは、お招きした主人側の礼儀です。

世間でよく云われた「郵船サアヴィス」なるものの真諦はこれだと私は感心した。

その永島重役はどこから乗ったか、今はっきり思い出せないが、神戸からではなかった様に思う。

神戸では人が後から後からやって来たり、ぞろぞろそこいらを通ったり、少少うるさいが、お役目を兼ねて披露航海の船に乗っている者が、そんな事を云ったって始まらない。うるさければ自分の船室に引っ込んで戸を閉めておけばいい。開けてやらなければだれも来やしない。しかし碇泊中の船の船室に一人でいるのはくさくさする。のみならず、林芙美子さんが乗り込んで来るだろう。

サロンの安楽椅子に腰を下ろして、何を見るでもなく、考えるでもなく、ただぼんやりしていた。

私と背中合わせの後ろの椅子に、小柄の婦人が腰を掛けている。思い切り脚を短かく低くした椅子で、その代りに馬鹿に背の高い靠れがついている。その女の人は低く掛けた姿勢の儘、後ろの靠れに片手を乗せて、その手を精一杯延ばしている。そうして靠れの上の端をつかまえた恰好は、手長猿が高枝を握った姿にさも似たり。

その人には連れがあるらしい。連れは若い婦人である。彼女は椅子に掛けてはいない。後ろの靠れにつかまっている婦人の前に起って何か一生懸命に話している。靠れの婦人はつかまった姿勢の儘、ものうげな口調で受け答えをする。その、ものうげな調子の中に、相手に対する十分な威厳が備わり、威武が示されている。

林さんではないのか、と思った。

会った事もなく、顔を知らないからよくわからない。

いきなり声を掛けたり、名乗り出て挨拶するのはおかしい。第一、今そちらはお話し中である。林さんだとすれば、相手は崇拝者か愛読者だろう。途中でお話しを乱してはいかんかも知れない。

だからサロンのその場では黙っていたが、受附けの事務はお名前を知っている筈だから確かめて、後でこちらから御挨拶した。

矢っ張りそうだったのだが、初対面の感じは悪くはない。物静かな人柄にお見受けした。夕方になり、快い冷房の施してある豪奢な一等食堂の晩餐の時間になった。世界に名だたる郵船の御馳走の卓を前に、この高名な巾幗《きんかく》作家と一献する。また楽しからずや。

「林さんはお酒を召し上がるのでしょう」

「いただきますけれど、少しばかり」

「おや、おかしいな。かねて女流の酒客として雷名をとどろかして居られる様に聞きましたが」

「そんな事はありません。いただきますけれど、少しばかり。そんなには戴きません」

馬鹿な事を云い出したもので、初対面の婦人に、のっけからそう云う事を尋ねて、相手が、はい、いくらでも戴きますなどと云う筈がない。尋ねた事が本当に知りたければ、黙っていて彼女がどう云う風に飲むか、どのくらい廻ってそれでどうしたかを観察すればいい。又聞きの文壇の噂話による林芙美子の酒徒振りを御当人の面前に持ち出して質すなど、どうかしている。

彼女はそれで用心したのか、慎んだのか、或は本当にそんなには飲めなかったのか、結局食卓の上に花は咲かなかった。

しかしそれは向うの事、私は私のいいだけの事をしていつもの通りの御機嫌になり、林さんがいつ食卓を起ったか、何と云ってそこを離れたか、曖昧で記憶に残っていない。

四

神戸の次は名古屋港に寄り、名古屋の次は清水港に寄った。

船中の明け暮れに林さんと顔を合わせるのは食事時間の食堂の中だけで、私から林さんの船室を訪ねた事は一度もなく、林さんも私の部屋へは来なかった。

会って見ても、話しがないから面白くない。共通の話題と云えば文壇の事か文学談だろう。文学談は私はきらいである。又林さんにしても私を相手に文学を論ずる気はしないだろう。文壇の話なら林さんは或は豊富な話題を持っているかも知れないが、私はその方面の事をよく知らないし、従って興味もないので、林さんとの応対にその方の噂を引き出す気にもならない。又手掛りもない。

要するにこの嘱託は、折角会社がお招きした林さんのお相手として、ちっとも適任ではなかった様であり、新造船の綺麗な船内をうろうろするばかりで、晩になれば船の係に我儘を云って勝手な酒盛りをするばかりで、船のお客様なる林さんなど、どうかすると有れども無きが如くにこっちで振舞う。丸でお役には立っていない。

だから林さんの方でも、早いとこ愛想を尽かしていたかも知れない。

毎日の食事の時間には顔を合わせると云っても、朝は私の方で食堂に出る事もあり、出ない事もあり、昼は大概出たが、そうして出れば食卓は共にしたが、午餐に麦酒やお酒を飲む事は私はしないし、林さんがボイにそれを命じた事もない。晩餐がいつも酒盛りになる。御馳走も多い。しかし最初の時私が失礼な事を尋ねた後、到頭一度もお酒の花は咲かなかった。

花が咲かなかったと云っても、私は勝手な事をしている。その結果いつも御機嫌はいいのだが、林さんとの間にお酒の花が咲かなかったので、話しに花が咲かなかった。

つまり、こうして御同船はしたれども、話しが合わなかったと云うのだろう。だから面白くも可笑しくもなかった。その時の事も思い出しても何となくつかまえ所がない。

そう云う風な泊まりを重ねて清水港に這入った。手の届く様な所に富士山はあるし、三保ノ松原もすぐそこで、清見潟の静かな波に浮かんだ八幡丸の白い船体は、神戸の時よりも、名古屋の時よりも、瀟洒《しょうしゃ》で粋《いき》に見えた事だろう。

日が暮れて、辺りの景色はもう見えないが、イルミネーションを施した様な姿で清見潟の波に浮いている本船を、本船の外に出て眺めて見たらどうでしょう、と云う話が事務長から伝えられて、一同すぐに賛成した。

軍艦の艦載艇の様に、本船の甲板に備えてあるモーターボートの大きいのが海面へ降ろされた。屋根のある平ったい舟で、五十九噸だと云う。それにみんな乗り込んだ。林さんも一緒に来た。

そのボートはこうして乗り廻せば遊覧用に用意してあった様だが、本来の目的はそうではないだろう。万一、タイタニック号の様な事故のあった場合、船客を避難させる為の非常用に備えてあるのだろう。

しかし今はこうして我我が乗り込み、清見潟の夜の小波の上を走り廻っている。船脚《ふなあし》は随分速い様で、乗り心地もいい。非常時の場合など考えている者はいないだろう。

本船の傍に帰って来て、そのまわりを一周した。暗い波に浮いているイルミネーションの塊りを、遠くから眺めたのと、近くに来て見上げたのとでは、丸で趣きが違う。あらたまって感想を問うと云うつもりでもなかったが、どうです林さんと声を掛けたけれど、はっきりした返事はなかった。どうもそう云う所がうまく行かない。

清水港の次は横浜である。その間に下船する所はないが、林さんはどこで降りたのか、はっきりしない。横浜でお別かれしたのだろうと思うけれど、その時の事がよくわからない。

そうしてその後、八幡丸以後一度もお会いした事はない。どこかの会合で落ち合うと云う機会もなかった。

船で初めてお会いして、その船で別かれたきり、後も先もなんにもない。そうして林さんはもういない。八幡丸も沈められてしまった。

(『小説新潮』一九六三年二月号)

狗に類する

一　「NYK」と「NHK」

虎をえがいて、狗《いぬ》に類する。虎のつもりでかいたが、下手だから犬に見えたり猫に見えたり、と云うのではない様で、がらに無く威張って見ても、却っておかしな事になる。そんな事らしい。

人さまの名前を挙げて進める稿で、その人が犬になったり猫になったり、それは申訳ないが、虎になられては又困る。そう云う事でなく、筆者が下手で、物物しく書き進めても、成っては居らんと云う辺でお見逃がしを願う。

タクシーを拾うつもりで四谷見附へ出たら、外濠線の停留所に友人の娘が起っていた。

「あら、おじ様、これからNYKへ」と云った。

何を小生意気《こなまいき》な、この小娘が、と思ったが、別段ぞんざいな口を利いたわけではない。

小さな時から知っているので、何を何と云っても、子供の癖に小癪な事を云うと思ったに過ぎない。お父さんに似て非常によく出来る子で、言葉遣いもはきはきした才媛型と云うのだろう。

NYKは日本郵船の事で、私は当時その嘱託をして、毎日午後から出社する事になっていたので、その子との出会いは出勤の途上である。

私は終戦後まだ暫らく在社していたが、戦争で目ぼしい船はあら方失ったので、百万噸《トン》所有を誇った郵船も急に影が薄くなったのは止むを得ない。

社外の一般に通用したNYKの呼び名もそれに連れて、何となく響きが弱くなった様である。そこへ戦後の日本放送局が大いに伸びて、NHKのその呼び名は従来のNYKを圧し消した概がある。

郵船の粟《ぞく》を食《は》んだ私には、戦後の放送局がそんな似た様な、まぎらわしい呼称でのさばるのが憎らしかった。しかし、じれったがっても、どうにもなる事ではない。然らばすなわち、そんな曖昧な云い方を外で探して見せてやろうと思いついた。

紐育《ニューヨーク》はどうだ。矢張りNYKではないのか。

しかし本当にそう云うか、どうか、はっきりしないので、人に聞いて見た。

ニューヨークの事はNYと書く。但しこれはニューヨーク州をあらわす。ニューヨーク市の時はN. Y. City と書く。尤も市でも州でもNYであらわす場合もある様だが、

NYKとは云わない、と教わったので、私が思いついた事は意味がなかった。

二　上船人名表

郵船のNYKを一字ずつ頭文字にする三隻の豪華姉妹船が出来る事になった。Nは新田丸、Yは八幡丸、Kは春日丸、いずれも一万七千噸級で、郵船ラインの欧洲サーヴィスに就航させる。

欧洲航路だから印度洋、紅海など炎熱の海を通る。それに備えて三船とも冷房装置を施す事になった。客船の冷房装置は当時としては珍らしい設備であった。

その姉妹船隊の第一船、新田丸が進水した。

この稿では進水したばかりの新田丸の就航披露を記述しようと思う。

第二船八幡丸の事は、前稿「虎を描いて」ですでに述べた。

第三船春日丸が進水する運びになった頃は戦前の時局が緊迫し、豪華船などと自慢してはいられない時勢になっていた。春日丸は進水を待ってすぐに徴用され、船内を飾る筈であった調度品は陸に揚げて、京王電車沿線飛田給にある郵船会社の運動場に附属した倶楽部の設備に利用された。

新造新田丸の披露航海の招待を受けて上船された諸氏は左記の通り。

川端康成　横光利一　里見弴　久米正雄　大佛次郎　吉屋信子

辰野隆　下村海南

梅原龍三郎　宮城道雄　杉村楚人冠　佐佐木茂索　佐佐木ふさ　今井登志喜

徳川義親　大倉喜七郎

飛び入りとして、山下亀三郎

会社側からは、

大谷社長　永島常務　内田嘱託　及び小川船長

出席を懇請したけれども、上船されなかったのは、

正宗白鳥　谷崎潤一郎　菊池寛　及び小林一三

私も当時は今より若かったけれど、その時分から独りで出掛けるのはどうも工合が悪いので、会社の許可を得て附添いを一人同船させる事にした。

初めからそのつもりにしていた「東炎」俳句の村山古郷君が、間際になって頭の毛が所所抜け出した。抜けた後は円形又は楕円形のつるつるの禿になる。所謂台湾坊主に似た脱毛なので、御本人は大変心配し、方方の医院を訪ねて手当てを受けたが、一向に験《げん》が見えない。

私と一緒に新田丸に乗ると云うだけでなく、黄道吉日を選んで式を挙げるばかりの伉《こう》儷《れい》がその日を待っている。豈《あに》、つるつるした禿を按じていらいらせざるを得んや。古郷さんは先ず新田丸上船をあきらめた。曰く、そう云う華やかなお目出度い船中へ、白い繃帯を巻いた頭を持ち込むのはどうかと思いますし、自分でも人に見られるのはいやです。

それはそうでありましょう。のみならず、皮膚科の薬は臭い。そのにおいが豪華な船中の辺り一面に流れるのも面白くないだろう。

乃《すなわ》ち、止むを得ざる事情だから、止むを得ない。古郷さんの上船はあきらめた。代りにその時から八年前、軽飛行機で羅馬まで行かせた栗村盛孝君を煩わす事にした。出掛ける前、私の家の者から、よろしく頼むと云われた。「先生をどうするのですか」

「どうするって、ネクタイでも結んで上げて下さい」

新田丸が横浜を出港した翌朝、どこか別の船室を当てがわれていた栗村はそこでちゃんと支度をして、私の船室へやって来た。

「お早う御座います。おや、もうネクタイはよろしいのですか」

ぶきっちょなれど、私といえどもネクタイは結べる。

栗村は委託にそむき、負荷を全うせざる様な顔をしていたが、顔を立てる為にもう一度ネクタイを結び直して貰うにも及ぶまい。

「御用がなければ、上陸してもいいですか」

「いいよ」

船は名古屋港に這入っているので、どこか市中へのし出したのだろう。

彼が行ってしまった後、今度は同船の宮城道雄撿挍《けんぎょう》の声がした。船室のドアを間拍《まひょう》子《し》よく、コツコツコツと敲いている。

宮城さんは目が不自由だから、お附きがついているのは勿論である。その時の随行は日本橋の琴匠鶴川喜兵衛氏であったが、鶴川さんはいつだったか宮城の需めに応じて、八十舷の琴を造った事がある。宮城はその特別の琴でバハを弾く事を思い立ち、私も演奏会でその演奏を聴いた。

宮城さんは新田丸船中では一人で寝ると云い出し、鶴川さんには別の船室を取らせた。船の事務部の諸君が非常に気を遣い、船室の中でいろんな物にぶつかったり、躓《つまず》いたりしない様、その置き場所、配列等に気を配った。

その時の披露航海の記念として、上船した皆さんに、硝子の粉を煉り固めて造った新田丸模型の文鎮を進呈したが、宮城さんも撫でて見て、自分も貰いたいと云ったので、事務部では宮城先生に差上げる分は特に幾つかを選び出し、みんなの指先で文鎮の表面を撫で廻して、引っかかる所のない、宮城さんが指を傷つける心配のないのを別にしたと云う話であった。

宮城さんはどこへ行っても人気があったのみならず、その人柄がいいのでみんなに大事にされた。宮城の船室のボイも特に気を遣って世話をした様である。夜、寝る前になって、宮城さんは年来の仕来りで寝酒が飲みたい。ボイにお燗をしたお酒を魔法壜に入れて持って来ておく様に、と頼んだ。自分の寝酒の定量は二合、と云う事も言い添えた。

ボイがお休みなさいと挨拶して引き下がった後、静かな浪に乗って走っている一万七千噸の新造船の寝床にくつろぎ、手酌で一献するのは中中よろしかったそうである。

ところが、もう大体十分だと思うところまで飲んでも、まだ後がある。おかしいなと思ったが、ついでの事にみんな飲んでしまった。それで常になく廻って酔っ払い、いい心持で眠った。

翌朝《よくあさ》ボイに聞いて見ると、二合と仰しゃいましたけれど、気を利かしてもう一合余計にお入れしておきましたと云ったそうで、これも宮城さんがボイに大事にされた余慶《よけい》だか余殃《よおう》だかに依るものだった様である。

しかし過ごしたと云っても、翌くる日に持ち越す程の事ではない。浪の音に御機嫌よく目をさましたところへ、別室にいた鶴川がやって来て、朝の支度を手伝った。

鶴川さんに手を引かれて廊下へ出た。私の船室の前を通り掛かった時、手引きがそう云って教えたのだろう。

コツコツ、コツコツ

そこで私が中から声を出して応じた。

「内田さん、何をしていますか」

「今、銭勘定をしているところです」

「船の中で銭勘定ですか」

「指先にお金がからまって、うるさくて仕様がないから」

「数える程有りましたか」

「がま口を逆さにして、小机の上へうつして見たら」

「有りますか」

「有りますね」

「ほう、有りましたか」と感心した様な声をして、宮城さんは中へ這入らずに、鶴川とどこかへ行ってしまった。

三　徳川侯爵と大倉男爵

前節に掲げた上船諸氏の人名の内、徳川御三家の尾張名古屋の殿様徳川義親侯と、大倉組の大倉喜七郎男とは、どちらも文学に直接の関係はなく、その方の大先生ではない。私共有志で造った素人の琴の演奏会、桑原会《そうげんかい》を縁にしたお知り合いである。

大倉さんはついこないだ他界されたが、桑原会の当時は何度かお会いしたし、そのオフィスへお訪ねした事もある。

銀座尾張町の四ツ辻に近く、天婦羅の天金の並びにあった安藤七宝店の二階で待っているとのお打合せがあったので、そこへ出掛けた。

薄暗い廊下の片側に、若い綺麗な娘さんがいたので、来意を通じると、少少お待ち下さいと云って、そこから鉤の手になった奥へ這入って行った。

じきに出て来て、どうぞと云うから、その後について行った。やっと人が一人通れる位の狭い廊下で、薄暗いどころでなく、殆んど真暗である。足許に気をつけながら行くと、その突き当りが小さくパッと明かるくなり、四角い枠の中に Come in と書いた電気がともった。

何だか少しおかしくなったが、恭しく這入って行った。大倉さんは大きなピアノの横に据えた机に向かい、スタンドの電気の下で譜本に見入っている。ベートーヴェンの何かだった様である。

私の気配に大倉さんは譜本から目を離し、私の挨拶に応じた。用件はよく覚えていないが、大倉さんが御自分で組織している「大和楽」の演奏の事で、近く開催を予定していた桑原会の番組に、どの様に組み入れるかに就いての打合せであったと思う。

その外にも矢張り桑原会の関係で、九段の花柳地の待合に数人集まった時も、大倉さんは同座した。その席には桑原会の指南役の米川文子女史や、桑原会に特に関係の深い宮城撿挍もいて、賑やかなお座敷であったが、時局切迫の為、世間のお酒が段段水っぽくなって行った時分で、その座のお酒もひどく水臭かった。

みんながぶうぶう云っていると、宮城さんが自分の家にはこれよりもましなお酒があった筈です。まだあると思うから取り寄せましょう、と云い出したので、その座にいた幇間がお使となり、タクシーでそのお酒を貰いに行ったりした。

そう云う席上、大倉さんがお酒を飲んだか飲まなかったか、はっきりした記憶はない。私の隣席にいたのだが、お酒の上の印象が丸で残っていないから、多分飲まなかったのだろう。

徳川さんは笛を吹いた。何笛と云うのだったか、心得がないので忘れたが、立派な皮の鞘《さや》に入れたのを何本も束にして持ち歩き、私共が演奏会の練習をしている席で、前に譜本をひろげて調子を合わせたりした。

目白の徳川さんのお屋敷の中に、別棟になった小さな奏楽堂がある。そこを貸して貰って桑原会を開いた事が一二度ある。奏楽堂には楽屋がついていない。出演者が支度をしたり休んだりするには、広いお庭の芝生を踏んで母屋に附属した部屋へ行かなければならない。

その芝生の上に、恐ろしく大きな犬が寝ていて、人が通ると頭をもたげる。ふだん見馴れない相手だから、犬が胡散臭《うさんくさ》く思い、吠えついたり、跳び掛かったりしやせぬかと、そのわきを通る度にひやひやするが、じろりとこちらを見るだけで、侯爵家の飼い犬らしく鷹揚《おうよう》に構えているので、通り過ぎた後ほっとする。

私は犬がこわいので、その直後に舞台に上がった時、気持が乱れて落ちつかない為、うまく弾けなかったと思った事がある。

徳川さんとはそう云うお附き合いで、桑原会の後、みんなでお座敷に請《しょう》ぜられて御馳走になった事もある。その時は尾張大納言の奥方も同座されて、何が何だったか馬鹿に面白かった。

本稿で書き進めている新田丸御上船の後は、その関係で郵船社内の諸君と一緒に御馳走になった。

正式の御招待なので、桑原会の時と違い、お屋敷の表玄関から罷り通る。

式台を上がった玄関の衝立の前に、びっくりする様な大きな虎の皮が敷いてある。頭があり、顔があるので、度肝《どぎも》を抜かれたが、徳川さんは虎狩りの殿様、虎の侯爵として有名であった。今日一緒によばれて来た郵船の課長の一人はもとから徳川さんと昵懇《じっこん》で、馬来半島の虎狩りの時、社務でそちらにいたので、行き合わし、徳川さんから象のビフテキ、虎のカツレツの御馳走になったとか、食わされたとかしたそうである。象のビフテキは硬かったですよ、今日の御馳走には出ないでしょうけれど、と云った。

本式の西洋料理の御献立で、虎や象の肉は出なかったが、随分おいしかった。食堂の隣りの壁際には、洋酒棚を嵌め込み、今はやりのホーム・バアの様な設備が出来ていて、洋酒など段段手に入りにくくなっていた当時、目を見張るばかりであったが、殿様が召し上がらないから、以前の物がいつ迄でも残っているのだろうと判断した。

四　正宗白鳥氏

お招きしたけれど、いらして戴けなかった方方の内、正宗さんには一度もお目に掛かった事はない。

私と同じく岡山の御出身だが、私は御城下の生れであり、正宗さんは郡部である。しかし広い意味の同郷であれば、先覚として何となく身近かに感ずる。昔、私の最初の文集「百鬼園随筆」が一冊の本となって出た時、その一部を正宗さんのお手許へ進呈した。当時は改造社の円本の全集が出た後暫らく経った頃で、厖大《ぼうだい》な印税を手にした著者は続続と外遊に出掛けたが、正宗さんはその轍を踏まず、奥さんと二人で帝国ホテルに入り、相当長期に亙ってホテル住いを続けた。

正宗さんのアドレスを調べて、その事を確かめ、帝国ホテル宛てに自著をお送りした。

著いたのか著かなかったのか、何のお便りもなかったが、本は返って来なかったから、多分著いたのだろう。

無名の著者の献本に一一挨拶もしていられないだろうから、それはそれでよろしいが、後に私の初期の短篇「昇天」が雑誌に載った時は、正宗さんの月評に取り上げられて、少しばかり褒められた。

正宗さんとの表向きのつながりは、そのくらいなものである。

日外《いつぞや》正宗さんが文化勲章を受けられた時、岡山では大変よろこんで郷党相諮《あいはか》り、盛大な祝賀会を開く準備を進めた。

ところがその事を当の正宗さんに打ち合わせると、正宗さんは、自分が文化勲章を貰った事と岡山とは何の関係もない。岡山の為に尽くした覚えもなく、岡山のお蔭を蒙って文化勲章を受ける様になったと云う筋もない。何の意味もない事だから、そんな祝賀を受けるわけには行かない。その祝賀会に列する為に岡山まで帰って行くなぞ飛んでもない事で、おことわり申すと云う御挨拶だったそうである。

正宗さんらしいお考えであるのみならず、又いかにも「岡山」らしい受け答えで、その味のわかる同郷の私などに、この一件は大変面白かった。

正宗さんにお会いした事はないが、ただ一度だけ擦れ違った事がある。日本橋小舟町の創元社へ私が出掛けたのは、用件は言わずと知れた錬金術である。私の本の印税を基本にした融通を頼んだのが、首尾よく目的を達して、後は長居は無用と座を起った。二階だったので梯子段を降り、上《あが》り框《かまち》に腰を掛けて、屈み込んで靴を穿こうとしている所へ、外からだれか這入って来て、かがんでいる私の前に起った。靴に足を入れて上を向いたら、そこに突っ起って私がどけるのを待っているのは、写真などで見覚えのある正宗白鳥先生である。擦れ違いに二階へ上がられたが、後で私の係の編輯者に聞くと、正宗さんの御用も錬金だったそうである。

五　菊池寛氏

この原稿を書いている丁度今、先年亡くなられた菊池さんの御命日がめぐり来た様である。

菊池さんがそこで亡くなった雑司ケ谷のお宅は、いつ頃出来たのか、はっきりした事は知らないが、当時は郡部の雑司ケ谷であって、市内に編入されたのは後の事である。

私は市内の小石川雑司ケ谷にいて、余り遠くはない。どこかへ行った道順で、そのお宅の前を通った事がある。邸内の模様はわからないが、丘の中腹の傾斜した地形に建っていて、石垣の裾に細い溝が流れ、綺麗な水が音を立てて走っていた。

菊池さんが京都の学生だった当時、相国寺附近の町家の軒下を走る溝川に、遠い山から来たらしい真赤な小さな木の実が、水の中をころころ転がって流れて行くのを見る感懐を述べたのを読んだ様な気がする。御自分の家が出来て、その前を水が落ちて行く。新邸の主人は、京都の溝川の水を思い出したりや否や。

雑司ヶ谷蛇窪と云ったか、蛇ヶ窪であったか、墓地に隣接するその一郭に大火があって、五六百戸が焼けた。近所が騒がしいので起き出して、その火事を見に行った。大変な火勢で、今燃えている炎からは大分離れた所にある二階建ての家が、見ている前で急に明かるくなり、おかしいなと思う内に、たて切った二階の雨戸がひとりでに外れて中の座敷が見え出した。欄間に懸かっている額の字が読めそうに思った時、全体が一かたまりの大きな炎になってしまった。

少し離れて炎の上手《かみて》にあった菊池さんの家が、闇の中に明かるく浮き上がったのは事実か。後から考えて本当らしく記憶した妄想か。大火の年代がはっきりしないので、その前後がよくわからない。

赤い木の実が山から流れて来た学生時代を終り、菊池さんが東京へ出たのはいつの事なのかよく知らないが、来てもすぐには花は咲かなかった様である。

漱石先生の病篤《やまいあつ》かりし大正五年の冬、各社の新聞記者が次ぎ次ぎに漱石山房の玄関を敲いて、その日その日の病状を探ろうとした。特に頻繁に現われたのは、時事新報だったか報知新聞だったかの菊池寛記者である。

彼は久米正雄、松岡譲、芥川龍之介等の諸君の友人であり、三君は大概邸内に来ている。その伝手《つて》で情報を手に入れようとするのである。

「だれだ、何、また菊池か。追っ払ってしまえ」

「でもね、上役から行って来いと命ぜられるんだろ」「僕が出て、もう帰しました。何か知らせる事があったら、こっちから電話を掛けてやるからって。それで帰って行きました」

菊池さんにはたった一度だけお会いした事がある。しかしそれはまだ後の話で、漱石先生の御病中の時など私はその応対に出た事もないし、どんな人だか、顔も知らなかった。

私が牛込市ケ谷の仲之町から、今いる麹町番町へ引っ越して来たのは昭和十二年の暮れの事である。

もともと私は東京育ちではない。東京へ出てからも本郷小石川のあたりを、あっちへ移ったり、こっちへ引っ越したりばかりしていたので、麹町番町などと云う所には丸で馴染みはなかった。

移り住んで見ると、大体辺りは森閑として静かで、気分は落ちつく。晩になればお濠の土手で梟《ふくろう》が啼いた。

すぐ近所に泉鏡花さんのお住いがある。その前を通ると、格子戸で中が見える黒土の土間の天井から、大きな御神燈がぶら下がっていた。

その前側に人力車を一台置いた俥屋があり、むき身屋もある。

むき身屋のおやじさんは鼻下に黒黒とした八ノ字髭を生やし、朝早くから自転車に乗って浅蜊《あさり》や蜆《しじみ》を売って歩く。

蜆はシジミとは云わない。シジメと云う。

「あさり、剝き身や」ならそれでいいが、「あさり、しじめや」の時は変な風に聞こえる。

私はもとからの持病である心臓の期外収縮、つまりタヒカルヂーの発作がおさまらないので、主治医のお宅にお邪魔したまま、帰る事が出来ない。入院の設備があるわけではなし、相済まぬながら、応接間の長椅子で夜を明かさして貰った。

夜中、時時先生が起き出して来て診て下さる。しかし、なおらない。私の経験で一番長かったのは三十六時間半続いた。その時の発作は第二番目の記録で二十六時間半、そうして毎分の脈搏数は百八十から二百位打ち続けている。

夜が明けかけて、外が少し明かるくなった。どこか遠くの方から、番町のあさり屋の声が聞こえる。自転車に乗っているので、その売り声はじき近くなった。

「あさり、しじめや」と云っているに違いないのだが、そうは聞こえない。

「あッさり、しんじめえ」

苦しい胸を押さえて、実に恐縮した。

ところがその後、浅蜊屋のおやじさんは、私より先にあっさり死んじまって、もういない。

戦争になり、空襲になり、殆んど毎日の様に焼夷弾や爆弾の攻撃を受ける様になった。昭和二十年二月の何日だったか、雪が往来に残っている頭の上を、B29が落とした爆弾が、かねて教わっていた通りのシュル、シュルと云う音を立てて番町小学校の前の小さな鉛版屋に落ちた。屋根を突き抜いて押入れから土中に這入ったが、不発だったので裏隣りの床屋の縁の下にもぐり込んだ。

近所じゅう大変な騒ぎになったけれど、先ず無事に済んだ。掘り出して見ると二百五十瓩の爆弾だったそうである。

その不発爆弾の落ちた床屋の前は、当時は空地になっていたが、以前は独逸語でジートルングと云った高級アパートの様な建物があって、各戸別棟で地下管からお湯や暖房用の蒸気を送ったりした。有島武郎、有島生馬、里見弴などの一族のお屋敷があったので、ジートルングは有島家で建てられたのではないかと思う。

私は麹町番町のもとからの土著《どちゃく》ではないので、この辺の古い事はよく知らない。知った様な事を書いても勘違い、聞き違いがあるかも知れないが、私がその話に辿りつきたいと思っているのは、ジートルングが出来るまだ何年か前に、多分その見当だと思われる場所にあった大きなお屋敷の事である。

そこがもとの有島家ではないかと思う。しかしその穿鑿《せんさく》もどうでもいいので、私が確かめたいのは、その大きなお屋敷に、大阪ビルに陣取ったよりまだ前の文藝春秋社がいた筈だと云う事である。

私は一人前に学校を出た後も、いろいろ暮らしの上の不仕末で随分困っていた。どうかして今日の困難を切り抜けたい。

私の窮状を知っていた芥川龍之介君が、何かと支えになってくれて難有かったが、その一つに、当時の円本景気の余波で出版界に活気が漲り、いろんな全集が企画されたが、本屋の名前が少し曖昧だけれど、興文社と云った様に思う、そこから出る全集に文藝春秋社が提携して売り出そうと云う。

その事で芥川君が私の為に計ってくれた。何をどうするのだったか忘れたが、非常に難有い。就いてはその一方の企画者である菊池社長にも一言頼んでおく可きだと思ったので、麹町番町のお屋敷構えの文藝春秋社に出掛けたのである。

菊池さんはすぐに出て来てくれた。

「芥川君はあなたの事を非常に心配しています。本気に考えている様ですから大丈夫です」

更に、「また僕からもそう云っておきます」と云った。

それで話しは済んだので、すぐに辞して外へ出た。

お会いしたのはその時だけ、口を利いたのもそれっきり。しかし困っているこちらに取って、その応答はうれしい。あのクシャ、クシャした顔の中にある小さな目が、仏の慈眼《じげん》の様に思われた。

（『小説新潮』一九六三年五月号）

しっぽり濡るる

一　郵船秩父丸

羅馬字の綴り方に三通りの方式がある。
ヘボン式。日本式。内閣訓令式。
例えば、ダ行のヂは、
　ヘボン式ji　日本式di　訓令式zi
サ行のシはヘボン式shi　日本式も訓令式もsi
ハ行のフはヘボン式fu　日本式も訓令式もhu
「明治」はヘボン式Meiji　日本式Meidi　訓令式Meizi
「富士」はヘボン式Fuji　日本式と訓令式はHuzi
こうなると今の新仮名遣いの表記法が、羅馬字綴りにもからまって来て、明治メイヂをメイジと書かされては、日本式は立つ瀬がない。

もともと羅馬字で日本語を表記せよ、漢字と仮名は廃止す可しとの論は古く明治十七年頃から唱えられていた様だが、その実現は困難で羅馬字論者の言説が受け入れられる機運に向かう風潮はなかったが、しかし論者の側では終始不変、非常に熱心で、人を説いて倦む所を知らない。

上掲の三方式の内、ヘボン式が最も古く、日本式はその後に出来てヘボン式を改訂しようとした。

各その遵奉する所に従って自説の障壁《しょうへき》に立てこもり、相手を罵り合って相争う。丸で法華や救世軍の喧嘩の如き概があった。

先年九十幾つの高齢で亡くなられた田中館愛橘先生は、お歳を召してもいつ迄もお元気で、いつぞやは東京駅のホームの上を、動き出した電車を追っ掛けて走り出し、御老体がひらりと最後部のデッキに飛び乗りされたのを見た事がある。

すでに八十歳前後になられた時でもまだ、学会に出席する為お一人で欧羅巴へ出掛けられた。

田中館老先生は又航空界の大先覚でもあった。その方の因縁で、当時学生航空の餓鬼大将を以って任じた私も何度かお目に掛かる機会があった。中でも空襲の戦火で焼ける前の日本橋茅場町の旗亭「其角」の一夕は忘れ難い。お酒のお相手として口から出任せの勝手な事を申しつらねる私に始終御機嫌で、何でも「うん、うん」と応じられたり、「ほう」と感心する様な相槌《あいづち》を打たれたり、その間、頻りに傍の者のお酌を受けて老大人ことごとく御機嫌うるわしき上首尾の態である。

丸で本ものの仙人がそこに晏晏《あんあん》とくつろいでいる様であった。

こうしてその時の事を思い出しながら綴っていると、ふと失礼な事に思い当たった。その時分は私も今よりは若かったが、若いと云っても勿論すでに一人前の大おやじである。その私が、酔っていたとは云え、お酒のはずみで隣席から猿臂《えんぴ》を差し伸べ、老先生の雪の様な顎鬚《あごひげ》をぴッぴッと引っ張った。

老先生が何と云われたか、覚えていない。又覚えている可き事でもないが、しかしどうも失礼な事を致しました。何卒お許しを願いたい。願っても先生はもういらっしゃらないなどと、そんな事はお詫びを申す気持と何の関係もない。

田中館先生は又日本式羅馬字論者の大先達であって、その持論を自ら実行し、身辺に書きとめておく心覚えの類はすべて羅馬字で認《したた》められた様である。人から色紙などに揮毫をもとめられれば羅馬字で書かれる。手馴れた仕方に従うだけでなく、その機会に自説をひろめると云う羅馬字論者の弘宣の一端であったかも知れない。

田中館博士は漢詩を詠まれる。それは老先生ぐらいの年配の人には珍らしくないが、御自分で作られたその漢詩は、羅馬字を以って、表記される。漢詩の事はよく解らぬが、平仄《ひょうそく》などはどう云う事になるのか。羅馬字綴りの漢詩とは恐れ入る外はない。

日本式とヘボン式と、お互に鎬《しのぎ》を削って相争い、果てる所を知らない。この混乱を見兼ねて文部省が乗り出し、委員会を設けてその査定を試た。

その案が纏まって昭和十二年九月、内閣訓令第三号として示された。これがこの章の冒頭に掲げた所謂内閣訓令式である。

これで羅馬字の綴り方の方式が三つになった。この第三の方式、訓令式は、既存の二方式を統合して永い間の混乱を整理しようと企てた筈だが、結果はその逆となり、却って混乱を複雑にした。

つまり従前の二派の争いに更にもう一派が加わり、三《み》つ巴《どもえ》となってますます事を面倒にした。

しかし内閣訓令として示された以上、少くとも公式の表記はこの訓令式に拠る事になっていた。

ところが今度の敗戦後、亜米利加軍がやって来る事になって、いろんな標示等に羅馬字の必要な場合が多くなったが、彼等は内閣訓令式の綴りでは読みにくい、又は読めない。古くからあるヘボン式に書き換えろと云い出した。ヘボン式は全然英語流の綴りなのだから、そう云うのも無理はない。

何しろ占領軍の申し入れなので、否やはない。そこで又ヘボン式が日の目を見るめぐり合わせとなり、訓令式は一層影が薄くなった。

　さて、漸く郵船秩父丸に辿りつく順序になった。上述の羅馬字論はその前置きであって、ただ少少口上が長過ぎた迄である。

　本題の秩父丸は昭和五年三月竣功、一万七千五百噸《トン》の優秀客船で、桑港《サンフランシスコ》航路に就航し、昭和十三年七月には太平洋横断第百回目を記録した。だからあちらの桑港にも馴染みが深く、名実共に郵船の大看板であった。

　その秩父丸が、上述の羅馬字論のあおりを食って、内外に親しまれたその船名を変えなければならぬ羽目になった。

　羅馬字の綴り方に関する内閣訓令が出たのは昭和十二年九月であったが、日支事変勃発以来の当時の情勢は全体主義的思潮の瀰漫《びまん》により、国体明徴、国粋宣揚の運動が全国を風靡し、その一端として政府から発給するいろんな証書類の羅馬字綴りは全部内閣訓令式に準拠する事になった。それに伴ない船舶に標示する船名の羅馬字もすべてこの方式に改めなければならない。

　チチブ丸、Chichibu Maru はヘボン式だからいけない。訂正を要する。

　日本郵船は国策会社としての起ち場もあるので、政府の方針にさからうわけには行かない。

　しかし従来のヘボン式の綴りは内外に親しまれて居り、その舷側の標示で太平洋横断の回を重ねている。そう簡単に塗り消す事は出来ない。秩父宮殿下が英国に留学なさった時、あちらではプリンス・チャイチャイブとお呼び申して殿下のお人柄に親しんだと云う話を聞いた事があるが、定期航路としてしょっちゅう秩父丸がやって来る桑港でも、チャイチャイブ丸と読んで馴染みを示す外人もいたそうである。

書き換えるには忍びないが、いつ迄も異をたて通すわけには行かない。昭和十三年二月、終に内閣訓令式に従って、

Titibu Maru

と書き改めた。

これで政府の指示に従った事になり、この問題は解決したかと思うとそうではなかった。

この新らしい綴り方による標示は、米国の俗語《スラング》の或る種の卑語に通じる響きがあって、この儘では使えない事が明らかになった。

Titi は乳の事で、おっぱいに当たり、卑しい俗語で人前で口に出すのは憚られる。titilate くすぐる意味の聯想もある。

訓令式に従って書き換えたのが昭和十三年二月、僅か二ヶ月後の同年四月には又再変更して、もとのヘボン式の Chichibu Maru に戻した。

しかし当時の情勢では、いかなる理由があっても、結局もとの儘の旧方式による標示

は許されなかったので、到頭翌十四年一月、進水以来十年間内外から親しまれた秩父丸の船名を捨てて、羅馬字綴りの紛乱に何等煩わされる事のない鎌倉丸と改名したのである。

秩父丸が鎌倉丸となったのが昭和十四年一月、その年の春に私は郵船会社の嘱託として入社し、前稿「狗に類する」から書き始めた新造新田丸の披露航海に会社側の一員として上船したのである。

新田丸の披露航海に御招待した方方の内、来られなかった正宗白鳥氏と菊池寛氏の事はすでに前稿に書いた。谷崎潤一郎氏もいらっしゃらなかったのだが、それは後の話で、どうか枉げて御上船を願うと云う誘引の使者として、永井龍男さんがわざわざ神戸にいられた谷崎さんの許へ出掛ける事になり、秩父丸の鎌倉丸に私と同船して神戸港へ向かった。

新田丸就航の招待に就いては文藝春秋社の協力を得る事になっていたので、解纜《かいらん》当夜の洋上座談会は同年六月号の文藝春秋誌上に掲載された。その様な関係にあったので、文藝春秋社にいた永井さんが神戸へ行く事になったのである。

私はなぜ永井さんと同船したのか、よくわからない。永井さんと一緒に谷崎さんの許へ行く予定はなかったし、そんな事はもともと考えていなかった。ただ何となく鎌倉丸の様な豪華船に乗って、大きな顔で一等船室に陣取り、三度三度の、いや船中ではもっと度度であるが、世界に名だたる御馳走を食う。決して悪くはない。だから何かと云えば嘱託を笠に著てそう云う豪華船に乗り込む。しかし、それはそうでも神戸に著いて見れば、神戸在住の旧友もいるし、暫らく振りに訪ねて見たい知人の住居もある。その時も永井さんと別かれた後は、二三そう云う心づもりがあったが、それは全然駄目であった。宿酔で頭が上がらず、一日じゅう寝台の上で昨夜の後悔を繰り返した。

何がどうしたのかと云うに、その前晩、永井さんと同卓の晩餐が終った後、もうすでに大分廻っていたけれど、廻っているからなおの事、バアに席を移してもっと飲もうと思っているところへ、大広間を黒いカーテンで仕切った向うで映写会が始まると云う。永井さんが見て来ようと私を誘ったが、私はおよしなさい、つまらないからと云った。しかし永井さんは黒いカーテンの中へ這入ってしまったので仕方がないから、一人でバアの前に腰を据えた。

どうした機《はず》みか、ふだんはそれ程お行儀が悪くないつもりなのに、葡萄酒とウイスキーをちゃんぽんで余っ程飲んだらしい。大分経ってから映写会が終って永井さんが出て来た時は、もうべろべろになっていた様である。

私の長い酒歴の中で、この時ほどのひどい悪酔をした事は後にも先にもない。船室に戻って長椅子に坐った時は、殆んど虚脱の状態であった。あぶなかった、こわかった、と思い出す度にぞっとする。

二　谷崎潤一郎氏

谷崎さんには結局いらして戴けなかったので、その時の船内でお目に掛かる機会はなかったが、それを別にして、一二度お会いした事はある。しかしそれも直接ではなく、よその家に来て居られる時に偶然同座したり、谷崎さんの家に行っている人を訪ねた時、御本人がそこにいられたり、と云うに過ぎない。

しかしその時でも、口は利き、御挨拶はした。だから丸っ切り存じ上げないわけではない。

はっきりしないが、昭和十年前後の事だったと思う。谷崎さんが中央公論社から「文章読本」と云う文章指南の本を出された。その中に言葉の語幹と語尾に関する説明の項があって、それがどうも私には納得出来なかった。

簡単な短かい一文を草して朝日新聞に寄せたところ、それが新聞に載った直後、はからずも谷崎さんからお手紙を戴いた。あれは自分の思い違いであったから、次の機会に訂正する。御注意を難有うと云う丁寧な御文面であった。

丁度そのお手紙を披読した席に昔の私の学生だった北村猛徳君がいて、今は大変えらいがその時分はまだその会社のぺいぺいだった。もとから万事に埒《らち》のあく性分で、何、谷崎さんの手紙ですか、と云いながら私の手から封筒ごと受け取り、うん、これはいいや。これは僕が戴いておこう。ねえ、先生、いいでしょうと云いつつ、すでに彼のポケットにしまい込んでしまった。

彼の家は空襲の火事に遭わなかったので、今でも或は抽斗の奥などにその手紙は残っているかも知れない。


前にも述べた通り、私は何か事があれば、又は事がなくても、時時沿岸航路で神戸港まで行く郵船に乗った。

その時も何しに神戸まで行ったのか、なんにも当てはなかったのか、忘れてしまったが、神戸に著いて碇泊している船の船室で寝るのは気が利かない。上陸して、しかしまた戻って行く本船に近い海岸のオリエンタルホテルに泊まった。

どう云うわけだか、その時は懐中に大分お金を持っていて、したい事をする余裕があると自分の実力を判断した。

暗くなった神戸の地に人力車を走らせ、然る可き料理屋へ案内しろと命じた。

坂になった片側に美しい燈が列んだ花隈《はなくま》の道を、私の人力車はそろりそろりと降りて行った。

四辺の雰囲気が何となくかぐわしく、俥の上で気分が時めく様であった。

一二軒、その前に俥を停めて、俥屋がお座敷が空いているかと尋ねてくれたが、ことわられた。

もう少し坂を降りて行くと、戸口の踏み石の上に若い女中が一人起っていた。その前に俥を停めて俥屋が声を掛けると、女中が愛想よく挨拶を返した。

これなら大丈夫だろうと思った。女中が前に出て来て、お電話を戴いてるのですか、と聞いた、疑って尋ねる風ではなく、そうなのでしょうと駄目を押す口調である。

いや、そうではないと云ったら、すぐに俥から離れて後に退がり、それでは折角ですが、お座敷がすっかりふさがって居りますので、と云った。

又俥屋が走り出したが、もう坂はお仕舞で、花隈の家並みも切れた。

考えて見れば、ふりの客をことわるのは当然で、神戸も東京もそんな事は変りはないだろう。

何だか、つまらなくなった。こんな事ならオリエンタルホテルで御馳走を食べた方がよかった。

俥屋が平坦な広い道を暫らく走った後、大きな門構えの前に俥を停めて、ここではいかがでしょうと云う。

立派な家らしい。しかし又ことわられては困る。大丈夫なのか知ら、と云うと俥屋が中へ馳け込んだ。

戻って来て、どうぞ、と云う。俥を降りて這入って行くと、打ち水をした踏み石の向うから玄関番の男が景気のいい声で、いらっしゃいと云った。

歓迎してくれたのはいいが、何か、どこかで食い違った様な気がする。

通されたのは梯子段を上がった直ぐわきで、お座敷と云う程の所ではない。立派な料理屋だと思ったが、ちっとも立派ではない。白菜鍋《はくさいなべ》が看板で、白菜屋だった。

どう云う料簡か知らないが、大阪神戸の紳士達は無闇に白菜を珍重する。だから白菜専門の料理屋もある。この家もそうだったので、註文も聞かずに、すぐにその用意をした。

花隈を素通りさせられた後、白菜なぞ食べたくもない。しかし御本尊の白菜に添える具としては、鱧《はも》、小車海老、鯛のぶつ切りなど、流石に上方だけあって勿体ない様な物ばかり。仕方がないから、そっちの方へ箸を出し、適当につっ突いただけでさっと引き上げた。

そうしてオリエンタルホテルへ帰って来たが、一体今夜はろくろく何も食べていない。それにまだ時間も早いし、すぐに寝てしまう気にはなれない。先ず腹ごしらえをして来ようと思う。

グリルへ行ってメニューを見て、何にしようかと二三考えたが、段段面倒臭くなり、ライスカレーでおなかをふくらまして寝てしまおうときめた。

格別うまくもないが、おなかの中に十分余地があるから、食べられぬ事はない。半分ぐらい平らげたところへ、後ろのテーブルで気配がしたので、何の気もなくそっちを見ると、和服の谷崎さんである。非常に綺麗な若い婦人を伴なって居られる。お得意だと見えて、ボイが丁寧な挨拶をしている。谷崎さんは席に落ちつくと、持って来た大型の壜をボイに渡して、栓を抜けと命じた。三鞭酒《シャンパン》の壜かとも思ったが、葡萄酒であったかも知れない。何しろそちらの方を余りじろじろ見ない様にしているので、よくわからない。

さて私は、谷崎さんと見定めた以上、こちらから御挨拶す可きか、と一寸考えた。それならばライスカレーの匙をおいて、そちらへ向き直らなければならない。しかし谷崎さんの方では私を認めてはいない。又御婦人のお連れもある。予期しない私の御挨拶でそちらのテーブルが混乱したりすると却って申し訳ない。幸いお席は私の真後ろである。私が無理に捩じ向かない限り、私に気づかれる事はないだろう。

それではそう云う事にしようときめて、食べ残しのライスカレーに匙を入れた。食べ終ってから、今まで向いていた向きの儘に椅子を離れ、後ろを振り向かないでグリルを出た。

私の最初の文集「百鬼園随筆」と再刷版「冥途」を世に出してくれた三笠書房の社長

竹内道之助氏が、三笠書房興隆期の浪に乗って、谷崎さんの物を自社から出したいと思い立った。

その事に就いて、当時神戸にいた谷崎さんに予め打合わせたのか否か、その辺のいきさつは知らないが、竹内さんは手っ取り早く埒をあけようと念じて、わざわざ東京から神戸へ出向いた。

近郊岡本在の谷崎さんの寓居を訪れると、幸いに御主人は在宅で、すぐに一室へ通された。

見るとその座敷の向うの間境の所に谷崎先生がいられる。こっちへ背中を向けて、少し前屈みの姿勢で、あたりにだれもいない畳の上に独りで坐っていられる。

竹内さんは後ろから声を掛け、参上の挨拶をしたが、御主人はこっちへ向かなかった。何か考え事をしていられる中途なのかも知れないと思った。その儘差し控えて黙っていた。しんとして、何の物音もしない。

随分時が経ったが、いつ迄ももとの通りで、一体どうすればいいのか、わからなかった。

少し谷崎先生の姿勢が動いたので、驚破《すは》やと云う気構えになった。しかしこっちへ向くのではなく、向う向きの儘で煙草を吸い出したのである。煙草は刻み煙草で、ぽんぽんと吐月峯を敲く煙管の音がした。煙が谷崎さんを残して向うへ流れて行く。

竹内さんはしびれを切らした。どうしてもこっちへ向いて下さらないなら、仕方がない。半ばあきらめて、もう一度声を掛けて見たが、反応はなく、又吐月峯の音がして、荒いすじの煙が立ち騰っただけである。

竹内さんは根《こん》を切らして引き退がった。

帰って来てから私に話した。「こわかったですよ。こちらの身体が固くなりました」

しかし、その位なら、谷崎家では竹内さんをお上げにならなければよかったのではないか。

その時の前後が、どんな都合だったのか、私にはわからない。ただ、向うを向いた儘の谷崎さんが、ライスカレーを食べ掛けた私みたいだと思うばかりである。

三　解纜

昭和十五年四月十七日、新造新田丸は横浜港を解纜して就航披露の航海に上ぼった。

その日のお午頃までに、御招待したお客様は大体上船された。

私は役目柄、それ等の皆さんを舷門にお迎えしなければならない。来る人を迎えるには、その人達より早くその場に行っていなければならない。それは大変困難な事で、私にはその職責を果たす自信がないから、船の諸君には厄介を掛けて済まぬと思ったが、お役目大事と心得て、その前晩からすでに船内に竄入《ざんにゅう》し、自分の船室に寝てその日を迎えた。

首尾よくお迎えを済ませて、自室に戻り、事務所の係からお客様の部屋割りの報告を聞いていた。

ドアが開いていた外の廊下を久米正雄君が通り掛かり、

「いよう、百鬼園先生、デッキ・プランなどひろげて、大変ですな」と云った。

それで通り過ぎた久米君の船室も、前に置いたデッキ・プランで私の胸にたたんだ。

上船した方方の内、懇意な人もあれば、初対面の挨拶をした人もある。しかし一一その船室をノックして、私から挨拶して廻る程の事もない。

一服して船が岸壁を離れるのを待った。

船客課で聞いた話によると、今度の披露航海の為に、寄航地へ手配してある灘の銘酒は四百樽だと云う。

但しそれを今日上船されたお客様が、みんな飲んでしまうと云うのではない。船内のおもてなしの外に、寄航地で地元の紳士達を招いて催すリセプションの振舞い酒にも充てるのである。昭和十五年の春は、もうそろそろ世間が窮屈になりかけていた。その際の四斗樽四百本はおろそかな話ではなかった。

その内に抜錨の時刻になり、みんな船室から出て来てデッキが賑やかになった。

一万七千二百噸の巨船が静かに岸壁を離れて、公式の初航海の浪を切りながら、段段に速くなった。

観音崎が近くなった頃、向うから一隻の駆逐艦が近づいて来た。非常に速く走っているらしい。本船は舷が高いが、駆逐艦は浪をなめる様に低く走って来る。丁度擦れ違う位置になった時、駆逐艦の甲板に人が列んでいるのが見えた。勿論、登舷礼などと云うものではないだろう。しかし新造新田丸の目出度い船出を祝って、向うから何等かの祝賀の会釈をしてくれた様で、その時本船は汽笛を吹鳴し、デッキにいる者は皆ハンケチを振ってこれに応えた。

外海に出てから日が暮れて、海が暗くなった。一等食堂の豪奢な晩餐が終った後、予定の洋上座談会が開かれた。皆さん一献召し上がった後ではあり、又その席上のサアヴィスも到れり尽くせりで、何だかがやがや、馬鹿に面白かったが、何が面白かったのか、どんな話がはずんだのか、記憶に残っていない。同年六月号の文藝春秋に載っている筈だから、見れば解る筈だが、わからなくてもいい。ただ抜山蓋世の大先生ばかり、綺羅《きら》星《ぼし》の如く居流れた中央の席の小川船長の隣りにいた宮城さんが、初めの内何か一言二言云った様だったが忽ちその場に寝込んでしまい、船長の肩にすっかり靠れかかったので、船長は身動きもならず、手を動かす事も出来なくなった。お気の毒でもあり、おかしくもあり、列座の皆さん又その船長と撿挍の情景に興じた。

四　春雨の半音程

翌十八日朝、名古屋港に入港した。

晩は会社の招待で、御上船の諸先生全部を由緒のある大きな旗亭に御案内する予定が立っている。それ迄は一日中なんにもない。

だから皆さんぞろぞろと船を下りて行かれた。有名な名古屋動物園へ行こうと云う人、吉屋さんなどがその組ではなかったかと思う。どこやらの古著屋で、何か探している切れを見つけようと云う人、里見さんや大佛さんがその組ではなかったか知ら。私について来てくれた栗村も出て行った。その他、大体船に残ったお客様はいなかった様である。

しかし私は外へ行くのは面倒だから船にいた。なんにもする事はないが、する事がなくて時間を空費するのが大好きである。

午になって、午餐の時間になった。御馳走を食べるのは面倒ではない。

のそのそと船室を出て食堂に行った。一等食堂の定員は百二十七人である。行って見ると入り口に制服を著けた係の職員が、左右両側に数人宛起立して私を迎えた。そんなに儀式張られると恐縮するが、建て前なら仕方がない。ところが広い食堂に席に著いたのは私一人だけである。百二十七席の内、百二十六席は空席である。これはますます恐縮する。しかし恐縮して逃げ出す可きではない。附きっ切りに侍立するボイのサアヴィスで、咽喉にもつまらせずに御馳走を味わった。

晩になって、その旗亭へ出掛けた。

大広間に居流れた銘銘の前へ、先ず本膳が運ばれた。そうして美形がお酌をする。向うの側を見渡せば、床脇の席に宮城撿挍がいる。まだ始まったばかりなのに、もうその前は芸妓や女中が十重《とえ》二十重《はたえ》に取り巻いている。今にまた寝てしまうかも知れないが、初めの内はいつでも御機嫌がいい。頻りにお酌を受けている様である。

少し廻った頃、芸妓の三味線で踊りが始まった。綺麗な舞い妓が傘をさして「春雨」を踊っている。春雨に、しつぽり濡るるうぐひすの、羽風ににほふ梅ヶ香や。

「一寸、待ってくれ」

辰野さんがいきなり座敷の真中に出て来て、三味線を構えている芸妓に云った。「今の唄は違ってやしないか。あすこは、だな。僕達子供の時から聞き覚えてる節では、半音にならなければいかんのだ。こう云う風に」

辰野さんは堂堂と歌って、立派に半音程にして聞かせた。

賛否両論あって、一時にお座敷が陽気になった。

（『小説新潮』一九六三年六月号）

解説

川本三郎

内田百閒は昭和十四年（一九三九）、五十歳の時に、当時の日本有数の船会社である日本郵船の嘱託として文書顧問となった。フランス文学者、辰野隆《たつのゆたか》の紹介だった。

『百鬼園　戦前・戦中日記』（慶應義塾大学出版会、二〇一九年）の同年四月一日には「郵船の嘱託の件いよいよきまる事になった。午後半日づつ。但し水曜か木曜かは休みとして二百円の手当也」。出社は午後からで週休二日、それで月に二百円だから、公務員の初任給が七、八〇円の時代、恵まれている。

七月一日の日記には「郵船に入社以来、大《たい》がいは自動車にて往復した」とある。タクシーかハイヤーで出社した。贅沢である。

日本郵船の嘱託になった百閒に、岡山中学の先輩で台湾に本社がある明治製糖の要職にある中川蕃《しげる》から、台湾に来ないかという誘いがあった。それまで広島の宮島より西に行ったことのない百閒はこの招待を受けた。

いうまでもなく、台湾は日清戦争のあと一八九五年の下関条約によって清から日本へ割譲され、日本の植民地となった。

台湾ではサトウキビからの製糖が重要な産業となり、明治三十三年（一九〇〇）には三井財閥による台湾製糖が作られたのをはじめ次々に製糖会社が生まれていった。明治製糖は明治三十九年（一九〇六）に渋沢栄一を相談役に、日本郵船出身の小川鉡吉《ぜんきち》を会長にして設立された。

百閒はこの明治製糖の客として台湾を訪れた。十一月、約九日間の旅だった。

当時はまだ飛行機の時代ではなく、日本（内地）と台湾は内台航路と呼ばれる定期航路を日本郵船や大阪商船の大型客船が走った。

百閒は十一月六日に神戸のオリエンタルホテルに宿泊したあと九日に神戸港から日本郵船の大和丸に乗り込んだ。オリエンタルホテルは谷崎潤一郎『細雪』で蒔岡家の三女雪子の見合いが行なわれたところ。神戸随一のホテルである。ここに三泊したのだから相当に景気がいい。百閒が「借金マニア」「借金上手」といわれたほどいつも借金に追われたのは、こういう贅沢のためかもしれない。

百閒は、すでに文筆家として立っているから原稿の注文は多い。台湾に出発する前にも二本の原稿の締切りがあり、それを書くために思い切ってオリエンタルホテルに泊ったのだが、結局、どちらも書けなかった。このあたりも〝予定は未定〟の百閒らしい。

神戸から船に乗る。それで思い出すのは随筆「見送り」に書かれたエピソード。百閒の変人ぶりが出ている。

ある時、漱石の子どもの純一がヨーロッパに行くことになった。百閒は東京駅まで見送りに行こうと家を出た。ところが途中、護国寺あたりで火事にぶつかり、それを見物していたため見送りが出来なかった。

普通はそこであきらめるのだが、百閒はなんと純一の列車を神戸行の急行で追いかけた。翌朝、神戸に着くと港まで行き、船に乗り込んで無事に純一に会い、見送ることが出来た。無鉄砲というか、常識はずれというか。


そんな百閒だが、台湾行きはなんとか無事に終えている。

まず神戸で郵船の大和丸に乗る。船は門司を経由して十二日に、台湾北部にある玄関口、基隆《キールン》に着く。基隆は雨が多く「雨の港」と呼ばれているが、幸いこの日は、雨が降らなかった。台北行きの汽車の出るまで時間があったので車で市内を見物してまわる。基隆の印象はよかったようで「基隆の町は私の通った所だけから考えて見ると美しいと思われた」。

ちなみに基隆は、侯孝賢《ホウシャオシエン》の映画「悲情城市」（一九八九年、米）の舞台。悲情城市とは基隆をさしている。

昭和二十年八月十五日の敗戦によって日本の台湾統治が終ったあと、多くの日本人は基隆港から日本へ戻った。台湾の人たちは去る日本人に同情的だったという。台湾を愛した画家、立石鐵臣《てつおみ》（一九〇五—一九八〇）は、基隆港から日本に帰る時、台湾人が波止場に集まり日本語で「蛍の光」を歌って見送ってくれたと記している。

百閒は、市中を車で見たあと汽車で台北に出て、そこで三泊したあと、夜行列車で台南に向かう。「蕃仔田《ばんしでん》駅ではまだ暗かったが、台南駅に著いた時は明かるかった様に思う。初めの予定では台南で下車するつもりであったけれど、じっとしていれば汽車はまだ南の方へ行くのでその儘乗り続けて高雄へ行き、市中を一回りして更に乗りついで鉄道線路の南端の渓州まで行った」

基隆から台北、台中、嘉義、台南を経て高雄に至る台湾縦貫鉄道は明治四十一年（一九〇八）に開通し、台湾の重要なインフラとなっていた。百閒はこれに乗った。「蕃仔田」は嘉義と台南のあいだ。ここから、明治製糖の本社のある麻豆に向かう社線が出ていた。

百閒は当初、台南で降りる予定だったが、縦貫鉄道は高雄まで行っていると知り、そのまま台南で降りずに高雄まで行き、さらに高雄から支線で渓洲まで行った（この線は現在、南廻線として台東へと延びている）。

さすが鉄道好きの百閒。少しでも長く列車に乗っていたいし、鉄道が走っている終着駅まで行ってみたい。「阿房列車」の著者の真骨頂である。

「日記」によれば、高雄から渓洲に行ったあと引返し、「屏東に下りて見物。屏東より台南に帰り、散髪して蕃子田より社線に乗り、明糖本社の倶楽部に泊る」。

屏東《ピントン》も製糖で栄えた町。私は二年前（二〇一九年）に屏東に行ったが、現在もサトウキビを運ぶ鉄道が健在だった。残念ながら私が行ったのは収穫時ではなく列車は走っていなかったが。

　百閒は、台南では、佐藤春夫の『女誡扇《じょかいせん》綺《き》譚《たん》』に描かれた「安平《アンピン》城」を見物し、台南では「内地では見られない様な美しい赤い色の花」（鳳凰花と思われる）に見惚れ、さらに明治製糖の「社線の機動車」で広大なサトウキビ畑を見物している。

　佐藤春夫が台湾旅行の思い出から書いた「蝗の大旅行」（大正十年）にある台湾南部の風景を百閒もまた見たことだろう。「確か、嘉義から二つ目ぐらいの停車場であったと思う。汽車が停ったから、外を見ると赤い煉瓦の大きな煙突があって、こゝも工場町と見える。このあたりで大きな煙突のあるのは十中八九砂糖の工場なのである」。

　百閒は蕃仔田の駅で降り、明治製糖の社線に乗る。「細い線路の上を小さな汽車が走る」。百閒が乗ったのは「機動車」、いわゆるディーゼルカー。これがサトウキビの畑のなかを走る。

「細い線路の両側に砂糖黍《きび》が生えている。それがどこ迄も続いて、先の方は暗くなりかかっているから、遠近法の絵とは反対に、向うへ行く程砂糖黍の畑が大きくなっている」。

当時の台湾は、何よりもまずサトウキビの国だったことがうかがえる。

百閒が、屏東で原住民にも会って、その子供を可愛く思うのも微笑ましい。男の子だとばかり思っていたら女の子だったという愉快な落ちがつく。

昭和五年（一九三〇）に起きた原住民による抗日事件、いわゆる霧社事件から十年たっている。平穏になっている。そういえば、百閒が台湾を訪れた昭和十五年は、すでに日中戦争が始まっているが、時代に超然としている百閒は、そのことを大仰に書きたてることはない。明糖の招待旅行ということもあって、百閒の台湾紀行は、あくまで、うららかで、楽しそう。

ただ、百閒には「結滞」（不整脈）という持病があり、台湾旅行中もしばしばその病いに襲われているが。

日本郵船の嘱託社員だった百閒は、当然、船に興味を持つ。鉄道好きだった百閒が、今度は自然と船に親しみを覚えてゆく。

本書には百閒が郵船の大型客船に乗り、船旅を楽しんだ思い出の記がいくつかあり、鉄道随筆『阿房列車』ならぬ『阿房船』になっている。

郵船の嘱託社員になったのだから郵船の客船の素晴しさを世に知らせることも大事な仕事になる。新田丸という新造の客船の披露航海では、文藝春秋社と共同で、当時の錚々たる文士（川端康成、横光利一、里見弴、大佛次郎、辰野隆ら、それに百閒と親しかった盲目の箏曲家、宮城道雄）を招待し、船上座談会を開く。

飛行機の時代になった現在ではもう考えられない贅沢な船旅になっている。船そのものがサロンになっている。船の黄金時代である。

百閒は何度か横浜から神戸に行く郵船の大型客船に乗っては、豪華な食事や、大好きなビール（ちなみに百閒は「ビール」は「麦酒」と書く。「ボーイ」は「ボイ」）を楽しんでいる。

神戸に向かう八幡丸には「巾幗《キンカク》」（女性の意）の作家、林芙美子を招待する。招待する側の人間として百閒は、なんとか『放浪記』の作家を歓待しようとするが、彼女は思いの外、冷たい。困惑する百閒の様子が面白い。

本書とは少し離れるが、林芙美子も台湾を旅している。

昭和五年（一九三〇）、出世作となる『放浪記』を長谷川時雨の主宰する『女人芸術』に連載中、林芙美子は、婦人毎日新聞社の招待で、先輩作家の望月百合子らと台湾を訪れている。

その随筆『台湾風景――フォルモサ縦断記』や『台湾を旅して』などで、『放浪記』の作家らしく、お偉方との宴会などに出ることなく、一人で台北の町を歩いたことを記している。そして「私は一人でもう一度台湾へ来たい」と。

現在、一度でも台湾を旅した者の多くは台湾を好きになるが、百閒といい林芙美子といい昭和の作家たちの心をも、台湾はひきつけたようだ。

（かわもと・さぶろう　評論家）

新田丸絵葉書カバー
日本郵船歴史博物館所蔵

編集付記

一、本書は著者の台湾紀行と日本郵船時代の船旅にまつわるエッセイを独自に編集し一冊としたものです。文庫オリジナル。

一、Ⅰ部に一九三九年一一月の台湾旅行、Ⅱ部に日本郵船の客船での船旅、Ⅲ部に一九四〇年の新田丸と氷川丸での船上座談会に関するものをまとめました。

一、本書の収録作品は『新輯　内田百閒全集』（福武書店）を底本としました。

一、底本中、正字を新字に、旧かなを新かなに改め、明らかな誤植と思われる箇所は訂正しました。表記のゆれは各篇ごとの統一としました。難読と思われる語には新たにルビを付しました。

一、本文中に今日では不適切と思われる表現もありますが、著者が故人であること、刊行当時の時代背景と作品の文化的価値に鑑みて、底本のままとしました。

一、本書の編集にあたり、佐藤聖氏の協力を得ました。

中公文庫

蓬莱島《ほうらいじま》余《よ》談《だん》
——台湾《たいわん》・客船《きゃくせん》紀行集《きこうしゅう》

2022年1月25日　初版発行
2022年2月15日　再版発行

著　者　内《うち》田《だ》　百閒《ひゃっけん》

発行者　松田　陽三

発行所　中央公論新社
〒100-8152　東京都千代田区大手町1-7-1
電話　販売 03-5299-1730　編集 03-5299-1890
URL https://www.chuko.co.jp/

ＤＴＰ　ハンズ・ミケ
印　刷　三晃印刷
製　本　小泉製本

Published by CHUOKORON-SHINSHA, INC.
Printed in Japan　ISBN978-4-12-207165-0 C1195

各書目の下段の数字はISBNコードです。978－4－12が省略してあります。

中公文庫既刊より

う-9-4
御馳走帖
内田百閒《ひゃっけん》
朝はミルク、昼はもり蕎麦、夜は山海の珍味に舌鼓をうつ百閒先生の、窮乏時代から知友との会食まで食味の楽しみを綴った名随筆。〈解説〉平山三郎
202693-3

う-9-5
ノラや
内田百閒
ある日行方知れずになった野良猫の子ノラと居つきながらも病死したクルツ。二匹の愛猫にまつわる愛情と機知とに満ちた連作14篇。〈解説〉平山三郎
202784-8

う-9-6
一病息災
内田百閒
持病の発作に恐々としつつも医者の目を盗み麦酒をがぶがぶ……。ご存知百閒先生が、己の病、身体、健康について飄々と綴った随筆を集成したアンソロジー。
204220-9

う-9-10
阿呆の鳥飼
内田百閒
鶯の鳴き方が悪いと気に病み、漱石山房に文鳥を連れて行く……。『ノラや』の著者が小動物たちとの暮らしを綴る掌篇集。〈解説〉角田光代
206258-0

う-9-11
大貧帳
内田百閒
お金はなくても腹の底はいつも福福である――質屋、借金、原稿料……飄然としたなかに笑いが滲みでる。百鬼園先生独特の諧謔に彩られた貧乏美学エッセイ。
206469-0

う-9-15
追懐の筆 百鬼園追悼文集
内田百閒
夏目漱石、芥川龍之介から文学者から、親友・宮城道雄、学生、飼猫クルツまで。哀惜をこめてその死を悼み、思い出を綴る。文庫オリジナル。〈解説〉森まゆみ
207028-8

う-9-7
東京焼盡《しょうじん》
内田百閒
空襲に明け暮れる太平洋戦争末期の日々を、文学の目と現実の目をないまぜつつ綴る日録。詩精神あふれる稀有の東京空襲体験記。
204340-4

各書目の下段の数字はISBNコードです。978－4－12が省略してあります。

さ-80-1
佐藤春夫台湾小説集 女誡扇綺譚 佐藤春夫
廃墟に響く幽霊の声「なぜもっと早くいらっしゃらない？」。台湾でブームを呼ぶ表題作等百年前の台湾旅行に想を得た今こそ新しい九篇。文庫オリジナル。
206917-6

さ-80-2
佐藤春夫中国見聞録 星／南方紀行 佐藤春夫
「日本語で話をしない方がいい。皆、日本人を嫌っているから」――中華民国初期の内戦最前線を行く「南方紀行」、名作「星」など運命のすれ違いを描く九篇。
207078-3

ひ-1-3
応家の人々 日影丈吉
昭和十四年、日本統治下の台湾、名家の美女の周辺で不審死が相次ぐ。内地の中尉が台南の町々をめぐり事件の謎を追う妖しい長篇ミステリ。〈解説〉松浦寿輝
207032-5

き-15-12
食は広州に在り 邱永漢
美食の精華は中国料理、そのメッカは広州である。広州美人を娶り、自ら包丁を手に執る著者が、蘊蓄を傾けて語る中国的美味求真。〈解説〉丸谷才一
202692-6

き-15-17
香港・濁水渓 増補版 邱永漢
戦後まもない香港で、台湾人青年がたくましく生き抜くさまを描いた直木賞受賞作「香港」と、同候補作「濁水渓」を併録。随筆一篇を増補。〈解説〉東山彰良
207058-5

き-15-18
わが青春の台湾 わが青春の香港 邱永漢
台湾、日本、香港――戦中戦後の波瀾に満ちた半生を綴った回想記にして、現代東アジア史の貴重な証言。短篇「密入国者の手記」を特別収録。〈解説〉黒川 創
207066-0

な-73-1
麻《あざ》布《ぶ》襍《ざっ》記《き》 附・自選荷風百句 永井荷風
東京・麻布の偏奇館で執筆した小説「雨瀟瀟」「雪解」、随筆「花火」「偏奇館漫録」等を収める抒情的散文集。初の文庫化。〈巻末エッセイ〉須賀敦子
206615-1

な-73-2
葛飾土産 永井荷風
石川淳が「戦後はただこの一篇」と評した表題作ほか、短篇・戯曲・随筆を収めた戦後最初の作品集。久保田万太郎の同名戯曲、石川淳「敗荷落日」を併録。
206715-8

な-73-3
鷗外先生 荷風随筆集
永井荷風
師・森鷗外、足繁く通った向島・浅草をめぐる文章と、自伝的作品を併せた文庫オリジナル編集。巻末に谷崎潤一郎、正宗白鳥の批評を付す。〈解説〉森まゆみ
206800-1

て-8-3
漱石先生
寺田寅彦
自他共に認める別格の弟子が文豪の素顔を親愛の情を籠めて綴る。高等学校での出会いから周辺に集う人々まで。文庫オリジナル。〈巻末エッセイ〉中谷宇吉郎
206908-4

く-2-2
浅草風土記
久保田万太郎
横町から横町へ、露地から露地へ。「雷門以北」「浅草の喰べもの」ほか、生粋の江戸っ子文人による詩趣豊かな浅草案内。〈巻末エッセイ〉戌井昭人
206433-1

あ-13-8
完全版 南蛮阿房列車（上）
阿川弘之
北杜夫ら珍友・奇人を道連れに、異国の鉄道を乗りまくる。ユーモアと臨場感が満載の鉄道紀行。上巻は「欧州畸人特急」から「最終オリエント急行」までの十篇。
206519-2

あ-13-9
完全版 南蛮阿房列車（下）
阿川弘之
ただ汽車に乗るためだけに、世界の隅々まで出かけた紀行文学の名作。下巻は「カンガルー阿房列車」から「ピラミッド阿房列車」までの十篇。〈解説〉関川夏央
206520-8

あ-13-4
お早く御乗車ねがいます
阿川弘之
にせ車掌体験記、日米汽車くらべなど、日本のみならず世界中の鉄道に詳しい著者が昭和三三年に刊行した鉄道エッセイ集が初の文庫化。〈解説〉関川夏央
205537-7

あ-13-5
空旅・船旅・汽車の旅
阿川弘之
鉄道のみならず、自動車・飛行機・船と、乗り物全般に並々ならぬ好奇心を燃やす著者。高度成長期前夜の交通文化が生き生きとした筆致で甦る。〈解説〉関川夏央
206053-1

あ-13-6
食味風々録
阿川弘之
生まれて初めて食べたチーズ、向田邦子との美味談義、海軍時代の食事話など、多彩な料理と交友を綴る、自叙伝的食随筆。〈巻末対談〉阿川佐和子〈解説〉奥本大三郎
206156-9

各書目の下段の数字はＩＳＢＮコードです。978－4－12が省略してあります。

あ-13-7
乗りもの紳士録
阿川弘之
鉄道・自動車・飛行機・船。乗りもの博愛主義の著者が、車内で船上で、作家たちとの楽しい旅のエピソードを、ユーモアたっぷりに綴る。〈解説〉関川夏央
206396-9

よ-5-8
汽車旅の酒
吉田健一
旅をこよなく愛する文士が美酒と美食を求めて、金沢へ、そして各地へ。ユーモアに満ち、ダンディズムが光る汽車旅エッセイを初集成。〈解説〉長谷川郁夫
206080-7

よ-5-9
わが人生処方
吉田健一
独特の人生観を綴った洒脱な文章から名篇「余生の文学」まで。大人の風格漂う人生と読書をめぐる随想集。吉田暁子・松浦寿輝対談を併録。文庫オリジナル。
206421-8

よ-5-10
舌鼓ところどころ／私の食物誌
吉田健一
グルマン吉田健一の名を広く知らしめた「舌鼓ところどころ」、全国各地の旨いものを紹介する「私の食物誌」。著者の二大食味随筆を一冊にした待望の決定版。
206409-6

よ-5-11
酒談義
吉田健一
少しばかり飲むというの程つまらないことはない──。飲み方から各種酒の味、思い出の酒場まで、ユーモラスに綴る究極の酒エッセイ集。文庫オリジナル。
206397-6

よ-5-12
父のこと
吉田健一
ワンマン宰相はワンマン親爺だったのか。長男である著者の吉田茂に関する全エッセイと父子対談「大磯清談」を併せた待望の一冊。吉田茂没後50年記念出版。
206453-9

い-38-3
珍品堂主人　増補新版
井伏鱒二
風変わりな品物を掘り出す骨董屋・珍品堂を中心に善意と奸計が織りなす人間模様を鮮やかに描く。関連エッセイを増補した決定版。〈巻末エッセイ〉白洲正子
206524-6

い-38-4
太宰治
井伏鱒二
師として友として太宰治と親しくつきあった井伏鱒二。二十年ちかくにわたる交遊の思い出や作品解説など太宰に関する文章を精選集成。〈あとがき〉小沼丹
206607-6

い-38-5
七つの街道
井伏鱒二

篠山街道、久慈街道……。古き時代の面影を残す街道を歩いて、史実や文献を辿りつつ、その今昔を風趣豊かに描いた紀行文集。〈巻末エッセイ〉三浦哲郎

206648-9

ち-8-1
教科書名短篇 人間の情景
中央公論新社編

司馬遼太郎、山本周五郎から遠藤周作、吉村昭まで。人間の生き様を描いた歴史・時代小説を中心に中学教科書から厳選。感涙の12篇。文庫オリジナル。

206246-7

ち-8-2
教科書名短篇 少年時代
中央公論新社編

ヘッセ、永井龍男から山川方夫、三浦哲郎まで。少年期の苦く切ない記憶、淡い恋情を描いた佳篇を中学教科書から精選。珠玉の12篇。文庫オリジナル。

206247-4

ち-8-9
教科書名短篇 家族の時間
中央公論新社編

幸田文、向田邦子から庄野潤三、井上ひさしまで。かけがえのない人と時を描いた感動の16篇。中学教科書から精選する好評シリーズ第三弾。文庫オリジナル。

207060-8

ち-8-10
教科書名短篇 科学随筆集
中央公論新社編

寺田寅彦、中谷宇吉郎、湯川秀樹をはじめ、岡潔、矢野健太郎、福井謙一、日高敏隆七名の名随筆を精選。国語教科書の名文で知る科学の基本。文庫オリジナル。

207112-4

た-13-10
新・東海道五十三次
武田泰淳

妻の運転でたどった五十三次の風景は――。自作解説「東海道五十三次クルマ哲学」、武田花の随筆「うちの車と私」を収録した増補新版。〈解説〉高瀬善夫

206659-5

た-13-5
十三妹《シイサンメイ》
武田泰淳

強くて美貌でしっかり者。女賊として名を轟かせた十三妹は、良家の奥方に落ち着いたはずだったが……中国古典に取材した痛快新聞小説。〈解説〉田中芳樹

204020-5

た-13-6
ニセ札つかいの手記 武田泰淳異色短篇集
武田泰淳

表題作のほか「白昼の通り魔」「空間の犯罪」など、独特のユーモアと視覚に支えられた七作を収録。戦後文学の旗手、再発見につながる短篇集。

205683-1

各書目の下段の数字はISBNコードです。978－4－12が省略してあります。

た-13-7
淫女と豪傑　武田泰淳中国小説集　武田泰淳
中国古典への耽溺、大陸風景への深い愛着から生まれた、血と官能に満ちた淫女・豪傑の物語。評論一篇を含む九作を収録。〈解説〉高崎俊夫
205744-9

た-13-8
富　士　武田泰淳
悠揚たる富士に見おろされる精神病院を舞台に、人間の狂気と正常の謎にいどみ、深い人間哲学をくりひろげる武田文学の最高傑作。〈解説〉堀江敏幸
206625-0

た-13-9
目まいのする散歩　武田泰淳
歩を進めれば、現在と過去の記憶が響きあい、新たな記憶が甦る……。野間文芸賞受賞作。巻末エッセイ「丈夫な女房はありがたい」などを収めた増補新版。
206637-3

た-15-10
富士日記（上）新版　武田百合子
夫・武田泰淳と過ごした富士山麓での十三年間を克明に描いた日記文学の白眉。昭和三十九年七月から四十一年九月分を収録。〈巻末エッセイ〉大岡昇平
206737-0

た-15-11
富士日記（中）新版　武田百合子
愛犬の死、湖上花火、大岡昇平夫妻との交流。昭和四十一年十月から四十四年六月の日記を収録する。田村俊子賞受賞作。〈巻末エッセイ〉しまおまほ
206746-2

た-15-12
富士日記（下）新版　武田百合子
季節のうつろい、そして夫の病。山荘でともに過ごした最後の日々を綴る。昭和四十四年七月から五十一年九月までを収めた最終巻。〈巻末エッセイ〉武田　花
206754-7

た-15-5
日日雑記　武田百合子
天性の無垢な芸術者が、身辺の出来事や日日の想いを、時には繊細な感性で、時には大胆な発想で、心の赴くままに綴ったエッセイ集。〈解説〉巖谷國士
202796-1

た-15-9
新版　犬が星見た　ロシア旅行　武田百合子
夫・武田泰淳とその友人、竹内好との旅を、天真爛漫な目で綴った旅行記。読売文学賞受賞作。竹内好の随筆「交友四十年」を収録した新版。〈解説〉阿部公彦
206651-9